태권도와 바이올린

초등교사 김지혜가 사는 세상

태권도와 바이올린

김지혜 지음

읽고쓰기연구소

Program

"과장님이라 생각하고 발로 차세요."

태권도 관장님이 미트 발차기 시킬 때 가끔 하시는 말씀이다. 너무 웃겨서 힘이 다 빠질 지경이지만 우리는 관장님이 '과장님'이라 명명한 그 무엇을 각자 떠올리며 다시 기합을 지르고 미트를 찬다. 그렇게 땀을 쫙 빼고 집에 돌아오는 길, 나는 날아갈 것만 같다. 내가 3년째 도장에 다니는 이유이다.

누구에게도 말할 수 없는 학생과의 미묘한 갈등, 업무에 대한 부담감, 학부모님과의 줄다리기 등으로 자주 위축되다 보면 한없이 쪼그라들어 급기야 내가 사라지는 것 같은 느낌이 들 때가 있다. 하지만 기합을 넣으며 발차기를 할 때, 바이올린 활을 그을 때, 독서 삼매경에 빠질 때는 그렇지 않다. 교사도, 엄마도, 아내도 아닌 온전한 내가 된다. 여행을 마치고 일상의 자리로 돌아왔을 때 새로운 활기를 느끼듯 다른 공간, 다른 세계에서 보낸 시간이 매일의 교실에 신선한 기운을 불어넣는다.

우리는 각자도생의 시대를 살고 있다. 내가 짊어진 삶의 무게를 아무도 대신해주지 않는다. 내 편은 아무도 없는 듯한 막막한 기분이 종종 든다. 조직 속에서 개인은 한계의 벽에 자주 부딪힌다. 어디에나 약자는 있고, 그게 나일 때도 있다. 연일 교육 현장의 문제를 미디어를 통해 보고 들으면서도 남의 일처럼 무력감에 젖기도 한다. 그럼에도 나는 버티며 살아내야 한다. 무너지기엔 살아갈 시간이 길다. 내겐 지켜야 할 소중한 존재가 있다. 어쩌면 일부러 더 힘들고 더 먼 길을 바라보게 되었는지도 모른다. 모두가 효율성과 가성비를 따지는 세상에서 나는 돈 되지 않는 일을 열심히 한다. 그럴 때 신기하게도 내가 짊어진 작은 세상의 무게가 훨씬 가벼워졌다. 말썽꾸러기 학생의 투정을 받아주느라 너덜너덜 지친데다 동시에 여러 일을 처리하느라 과부하 걸린 머리가 여전히 뜨거운 채로 오케스트라 연습에 간다. 활을 힘차게 그으며 연습하는 두 시간 동안 하루의 시름이 모두 지워진다.

이 책은 뭐 하나 뾰족하게 잘하는 것 없는 중년의 여교사가 태권도와 바이올린을 비롯한 여러 가지 일들에 몰입하면서 변화해나간 과정을 담은 것이다. 변화라고 해봤자 별것도 없다. 대단한 성취가 있는 것도 아니고, 이렇다 할 미래의 청사진이 그려져 있지도 않다. 다만 매일 나를 괴롭히던 오랜 열등감과 결핍을 지우고, 영원히 끝나지 않을 것처럼 밀려드는 일상의 무게를 가볍게 털어내려는 몸부림이다. 내 존재마저 지워지는 무아지경의 시공간 속에 잠시나마 빠져들어 혼탁한 내 정신을 쉬게 하고 다시 나올 힘을 얻는 거다.

나에게는 콤플렉스와 무기력이 지배했던 시기가 길게 있었다. 물론 지금도 완전히 이겨냈다고는 할 수 없다. 남들보다 잘하는 것 하나 없고, 인내심 부족하고, 앞으로 무엇이 될지 모르던 나. 그런 나를 지금도 데리고 살아가고 있다. 내게 건네진 손길들을 기억한다. 애지중지 키워주신 할머니, 교사의 길로 이끌어주신 부모님, 옆에서 힘이 되어주었던 친구들, 나를 사랑한다고 말해주던 아이들……. 지금의 나는 내가 만든 것이 아니다.

교사라는 존재가 누군가의 인생에 얼마만큼 영향을 미칠까? 기억에 남는 선생님은 사실 몇 분 안 된다. 초등학교 1학년 때 뒤에 앉은 친구와 이야기하다 꿀밤 맞은 기억, 3학년 때 손바닥을 때려가며 교과서를 외우고 또 외우게 했던 얼굴 하얀 신규 선생님, 내가 수학 교사가 되기를 바라신 중3 담임선생님, 고등학교 1학년 때 학생들을 집으로 초대해주신 선생님…….

그중 유독 기억에 남는 분은 초등학교 4학년과 6학년 때의 담임선생님들이다. 남해에서 살다 진주로 이사해 전학 간 학교에서 만난 4학년 담임선생님은 동화 작가이셨는데 내게 직접 쓰신 책을 선물해주셨던 기억이 각별하다. 어린 마음에 작가라는 사실만으로도 존경하는 마음을 품었던 것 같다. 6학년 담임 선생님은 나와 친구들에게 한국화를 가르쳐주셨다. 선생님 덕분에 '개천예술제'라는 진주의 역사 깊은 행사에서 상을 받기도 했다. 나도 그런 교사가 되고 싶다. 한 사람의 예술인으로서 아이들에게 예술적 자극을 준다는 점에서 말이다.

초등교사의 배움은 매일의 교실에서 가르침으로 곧바로 이어진다. 지식과 정보가 넘치는 세상에서 내가 아이들에게 전해줄 수 있는 것은, 지치지 않고 배우는 나에게서 뿜어져 나오는 좋은 에너지라고 생각한다. 잘 넘어지고 늘 부족하지만, 느릿느릿 꾸준하게 배워나가는 나의 여정을 조금이나마 나눌 수 있기를 바라는 마음으로 용기를 내보았다.

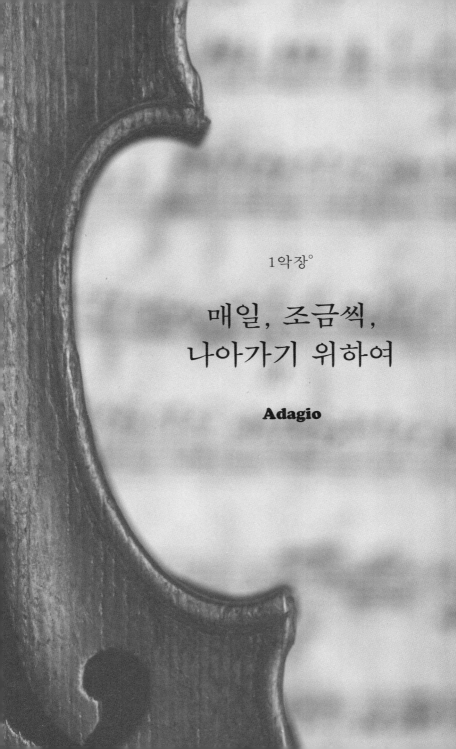

1악장°

매일, 조금씩,
나아가기 위하여

Adagio

01

읽고, 쓴다

"오늘은 행복한 글쓰기를 합니다. 주제는 '나의 창업 성공기'입니다."

글쓰기를 막연히 두려하는 아이들이 있다. 극복하는 방법은 많이 써보는 것이다.

작년, 6학년 아이들과 '창업'이라는 실험적인 수업을 함께했다. 인터넷에 창업 관련 자료가 탑재되어 있는 걸 찾아 자료를 내려 받고 학생용 학습지를 만들면서도 어떻게 수업을 진행할지 몰라 갈팡질팡했는데 학년 선생님들과 의논하고 반 아이들과 일단 시작해보면서 수업의 가닥을 조금씩 잡아나갔다.

반 아이들을 성향을 고려해 정해진 십 수 회의 차시를 뭉

뚱그려 진행하기로 했다. 처음에 아이들 모두에게 창업 아이디어를 하나씩 받았다. 스타트업 사장님이라 생각하고 각자 제공할 물건이나 서비스를 생각해 글과 그림으로 표현했다. 아이들 작품을 모두 문짝에 며칠 동안 붙여 둔 다음 투표로 여섯 개의 아이디어를 뽑았다. 채택된 아이디어의 주인이 사장이자 모둠장이 되었고, 아이디어에 공감하는 아이들이 사원이자 모둠원으로 모였다. 회사의 이념, 로고, 목표를 정하고, 시제품 만들기와 회사 설명 자료 등을 각자의 역량에 맞게 갖추어나갔다. 기발한 물건도 있었고 눈에 보이지 않는 서비스도 있었다. 버스를 탔을 때 버스카드에 돈이 없었던 경험을 바탕으로 버스비 계좌이체 시스템을 개발하는가 하면, 훈민정음을 재미있게 바꾼 '운민정흠'을 고안해 점심시간마다 받아쓰기 테스트를 하며 놀기도 했다. 꽃모양 선풍기를 만든다는 회사 아이들은 3D 필라멘트를 구입한 후 직접 한 줄 한 줄 녹여가며 선풍기 시제품을 만들었다. 과정이 쉽지는 않았지만 학부모 공개수업 날 아이들은 열정적으로 자신의 사업에 대해 설명하며 큰 성장을 보여주었다.

그 과정, 혹은 미래의 상상이 바로 '행복한 글쓰기' 주제였던 것이다.

"직원들과 밤낮없이 열심히 개발한 이오 선풍기의 인기는 대단했다. 이 선풍기를 처음 고안한 것은 초등학교 6학년 창업 수업 시간에서였다."

20년 후 실제로 창업에 성공했다는 아이의 긴 글에 소름이 돋았다.

어렸을 적 나는 책을 별로 좋아하지 않았다. 같은 반 친구하나가 아버지 동료 선생님의 딸이었는데 책을 좋아하고 많이 읽는 바람에 나는 아버지의 면을 세우려 억지로 책을 읽었다. 처음에는 눈으로 글자를 따라가기도 어려워 손가락으로 짚으며 읽었다. 어느 만화영화에서 주인공이 집을 도서관처럼 꾸며놓고 친구들에게 책을 빌려주는 장면을 보고는 집에 있는 책들을 긁어모아 옷장 서랍 하나를 비우고 나만의 도서관을 만들기도 했다. 그때부터였을까? 책이라는 물건이 좋아지기 시작했다.

초등학교 4학년 때 진주로 이사 온 후부터 집에 책이 제법 많이 굴러다녔다. 누런 표지의 문학전집과 셜록 홈즈 전집이 2층 다락방에 있었고, 과학만화책도 있었다. 나는 2층 올라가는 나무 계단에 앉아 탐정 시리즈를 열심히 읽곤 했다. 가장 마음에 들었던 건 '메르헨 동화집'이었다. 「초콜렛

공장의 비밀(찰리와 초콜릿공장)」, 「후춧가루 호첸플로츠」, 「피글위글 아주머니」, 「닐스의 모험」 등을 동생들과 함께 읽고 또 읽었다.

그런데 글 쓰는 건 왜 그리도 어렵던지. 학교에서 과제로 독후감을 내라고 하면 책날개나 뒤에 나오는 줄거리를 먼저 베껴 쓴 다음 느낀 점을 간단히 적었다. 요즘 아이들 독서록을 검사하다 보면 그 시절의 나처럼 써서 내는 아이들이 있다. 어린 시절의 내가 떠올라 입가에 미소가 퍼진다. 글쓰기는 나에게 늘 두려움의 영역이었다. 간혹 있었던 교내 글짓기 대회 때 나는 매번 주장하는 글이나 설명하는 글을 써서 냈다. 그런 내가 생활문이 어떤 것인지 알게 된 계기가 있다. 초등학생 시절 어느 날 글쓰기 대회 우수작이 복도에 붙었는데 최우수 작품이 '국산품 애용'에 관한 글이었다. 방에 있던 글쓴이가 놀러와 거실에 앉은 이모와 엄마가 나누는 이야기를 엿듣는 것으로 글이 시작되었다. 설득하는 글보다 더 설득되고 감동마저 느껴졌다.

교사가 된 후 한 교육 잡지에 투고한 적이 있는데 우연히 내 글이 실리면서 글을 발표하는 기쁨을 잠깐 맛보기도 했으나 그 뒤로 오랜 시간 글쓰기를 잊고 지냈다. 아이들을 키우면서 육아 관련 도서를 읽다가 독서 영역이 넓어지면서 글쓰기에 다시 관심이 생겼다. 수첩에 번호를 매겨가며 책 제목과 기억하고 싶은 내용을 끼적이곤 했다. 대부분은 실용서나 자기계발서였고, 간혹 소설이나 가벼운 철학 입문서를 읽기도 했다.

2013년의 어느 날이었다. 남편이 내게 왜 그렇게 책을 많이 읽느냐고 물었다. 나는 무심결에 "언젠가 내 책을 쓰고 싶어서."라고 답했다.

"몇 권이나 읽으면 당신 책을 쓸 수 있을 것 같아?"

"한 천 권쯤?"

"그럼 블로그에 기록해 봐."

네이버블로그 '천 권의 약속'이 그렇게 탄생했다. 처음에는 하루에 열 명도 방문하지 않았다. 어느 날 내 블로그에 100명이 방문하는 꿈을 꾸었다. 눈을 떠 꿈이란 걸 알고 어찌나 아쉽던지. 그렇게 꾸역꾸역 매일 글을 쓰며 10년을 보냈다. 얻은 게 있다면 좋은 블로그 이웃들과 '이달의 블로그' 타이틀, 그리고 제법 건강한 정신이 아닐까 한다.

아이들도 독서가 주는 재미와 글쓰기의 쾌감을 알게 되기를 바라면서 매일 아침독서 시간을 갖고, 매주 독서기록을 나누며, 매월 행복한 글쓰기를 한다. 영화 〈마틸다〉에서 현실의 고통을 책 속 영웅들을 보며 위로받는 소녀처럼 아이들도 독서와 글쓰기로 자기 아픔을 쏟아놓고 스스로 회복할 힘을 그 안에서 길어낼 수 있다. 『글쓰기로 내면의 상처를 치유하다』(이상주 저)의 저자는 종이 위에 쓰는 순간 치유가 시작되므로 깊은 상처까지도 모두 꺼내 글로 쓰기를 권한다. 박미라 작가는 자신이 운영하는 프로그램으로 만난 이들의 고민을 글쓰기로 치유해가는 과정을 『치유하는 글쓰기』에 담았다. 종이와 펜만으로 '자가 치유'하는 가장 저렴한 고민 해결 방법을 제시하였다. 책의 위로와 글쓰기의 정신적 배설로 인한 정신 건강이 관계가 있다고 믿는다.

반 아이 중에 '작가'라 불리던 아이가 있었다. 내성적인 편이지만 일단 이야기를 시작하면 봇물 터지듯 멈출 줄 몰랐다. 학교 일과가 끝나고도 한참 남아서 이 이야기 저 이야기 하다 가곤 하던 그 아이는 글을 쓰면 오류 하나 없이 완벽한 문장들을 만들어냈다. 친구와 종이에 단어를 적고 무작위로 뽑은 단어들을 조합해 문장 만드는 놀이를 하는 것도 보았다. 집에서는 자신이 좋아하는 스타들을 등장시킨 로맨스 소설을 즐겨 쓴다고 했다. 나한테는 한 번도 보여주지 않았지만 아이가 가진 마음의 상처나 고민을 글로 풀면서 건강히 성장해갈 것이라 믿는다. 책을 읽고 글을 쓰며 지친 마음을 회복하고 느린 성장을 이어가는 나처럼.

02

작게, 끊임없이 도전하기

'도전'이라는 말을 쓸 때마다 새삼스럽고 쑥스럽다. 내가 꿈을 말하면 듣는 사람들은 겉으로는 꼭 이루라고 하지만 속으로는 '그 나이에 무슨 그런 걸 하느냐'라고 생각하는 건 아닌가 싶을 때가 있다.

몇 년 전 기독음대 졸업 후 교수님이 콩쿠르에 한번 나가 보는 게 어떻겠느냐고 말씀하셨다. 한 오케스트라가 주최하는 그 콩쿠르는 학생부 외에 일반부도 모집을 하고 있어 참가비를 내고 신청했다. 레슨 받던 곡을 연습해서 참가해보면 좋은 경험이 될 것이라는 생각이었다. 그런데 신청할 때의 마음과 다르게 날짜가 다가올수록 왜 한다고 했을까, 하는 후회가 밀려왔다. 학기 중이어서 연습할 시간이 부족했지만 최선을 다해 연습하고 콩쿠르에 참가했는데 한 해 전 서울교육대학교 오케스트라 연수 때 만났던 교수님이 심사 위원으로 와 계신 것을 보고, 순간 부끄러운 마음에 손이 떨려 연주를 망치고 말았다. 그럼에도 참가자가 적었는지 장려상을 받았고, 그 뒤로는 순위를 매기는 콩쿠르에는 나가지 않았다.

토요일에만 수업이 있어 택했던 백석대학교 대학원 관현악과 바이올린 전공. 이 과정을 시작할 때부터 졸업 리사이틀을 염두에 두고 바이올린 독주회를 자주 보러 다니며 졸업 연주에 선보일 곡을 생각했다. 두 번째 학기에 교수님께 베토벤의 바이올린 소나타 8번을 배웠는데 그때 따로 교회 챔버 악장님의 바이올린 학원을 찾아가 레슨을 두어 번 받은 적이 있다. 8번의 3악장이 무척이나 빠르고 기교가 많이 필요한 곡이어서 고민이 되었기 때문이다. 그런데 한번은 악장님께 레슨받는 나를 지켜보던 사모님이 나에게 이렇게 말씀하시는 것이다.

"선생님! 대체 이게 무슨 고생이세요?"

부족한 실력에 아무리 해도 안 되는 걸 해보겠다고 애쓰는 게 안타까워서 한 말씀이었을 것이다. 어찌나 부끄럽던지. 쥐구멍에라도 들어가고 싶었다. 하지만 나는 멈추지 않

았다. 오히려 그런 말을 들으면 오기로라도 더 연습해서 무언가 보여주리라, 생각한다.

아이들에게는 변함없는 격려가 필요하다. 학교생활은 도전의 연속이다. 시험 외에도 모둠조사와 각종 발표 등 크고 작은 도전이 눈 앞에 줄 서 있다. 새 학년 새로운 친구와의 사귐도 도전일 수 있다. 아이들에게는 친구와 선생님이 해주는 칭찬과 격려만 한 약이 없다. 실수하면 격려해주고, 부족하면 서로 돕고, 작은 성취에도 박수를 보내줄 친구와 부모, 그리고 교사의 존재가 정말 중요하다. 의미 없는 도전도 소용 없는 노력도 없다는 걸 부단히 깨우쳐주는 목소리가 아이들 마음속에 계속 메아리쳐야 한다.

눈썹과 속눈썹이 까맣게 예뻤던 반 아이의 모습이 기억 난다. 전 학년 때부터 장난꾸러기로 소문이 나서 새 담임이 누가 될까, 하는 것이 초미의 관심사였던 아이다. 아파트 안에 있는 내리막길에서 보호 장구도 착용하지 않은 채 손을 놓고 자전거를 타다 고꾸라져 쇄골이 부러지고, 두개골에 금이 가 한동안 입원하기도 했다. 친구를 때려서 울려놓고는 우는 게 재미있다는 듯 웃고 서 있던 아이다. 어떤 일에도 흥미를 보이지 않던 그 아이는 학급 발표회 날 다른 사람이 되어 나타났다. 무더운 여름, 두꺼운 검도복을 입고 등교해 땀에 젖은 머리카락을 이마에 붙인 채 앉아 있던 아이의 모습이 지금도 생생하게 기억난다. 그날, 눈을 반짝이며 친구들 앞에서 추던 칼춤도.

도전은 잔잔한 일상에 '두려움'이라는 파문을 일으키지만 하나씩 이겨내면 '성장'을 선물로 준다. 도전에 맞서는 용기는 자존감에서 나온다. 자신에 대한 믿음과 긍정적인 자세가 없이는 도전에 당당히 맞설 수 없다. 도전이 반드시 거창할 필요는 없다. 학교에서 아이들이 발표할 기회를 많이 주는 것이나 가정에서 소소한 집안일을 맡기는 것도 아이에게는 모두 도전이 된다. 작은 도전과 성공의 반복 경험은 아이들 스스로에 대한 믿음을 키우고, 더 큰 도전에 당당히 맞서게 한다.

부모나 교사가 도전하는 모습도 아이에게 좋은 자극이 된다. 엄마가 새로운 일을 찾아 사회생활에 도전하거나 무언가를 배우는 것이 아이의 눈에 어떻게 비칠까? 월요일 '주말 이야기' 시간에 주말 동안 공연한 영상을 보여주거나 태권도 대회에서 상 받은 이야기를 해주면 아이들은 선생님의 어설픈 도전에 무척이나 열광한다. 친구들에게 받는 영향은 말할 것도 없다. 친구가 속한 댄스 동아리의 야외 공연, 친구의 멋진 장거리 슛, 그만하라고 할 때까지 왕복 달리기를 하며 힘껏 버티는 친구를 보면서 아이들은 자극받는다. 그런 아이들 곁에서 어른이 할 일은 기다리는 것이다. 배움과 성장이라는 실한 열매를 위해 칭찬이라는 햇살과 격려라는 물을 주며 기다림이라는 비옥한 땅에서 언제까지고 버텨주는 어른이고 싶다.

03

마음을 뜨고 관계를 엮는 뜨개질

　손을 움직이는 노작활동은 아이들의 두뇌와 창의력 계발에 도움을 준다. 나는 아이들이 손으로 뭔가를 만들면서 성취감을 느낄 기회를 만드는 걸 좋아한다. 걱정인형 만들기, 실과 시간의 바느질이나 목공, 미술 흙으로 만들기, 과학의 날 행사로 과학 물품 만들기, 수학과 미술을 연계한 건축물 만들기 등 학년과 시기에 따라 적절한 활동이 있다. 어느 학년을 맡든 꾸준히 해온 것은 뜨개질이다.

　어린시절부터 겨울이면 늘 뜨개질을 하시던 어머니 옆에서 털실과 뜨개바늘을 가지고 놀았다. 둘째를 임신했을 때는 목도리와 옷, 모자 등을 열한 개나 떴다. 그 영향일까? 둘째는 어려서 비디오테이프를 쌓으며 놀더니 건축을 전공하고 전시회장 인테리어 디자이너가 되었다. 몇 년 전에는 딸의 부탁으로 이어폰 케이스를 하나 떠주다가 내친 김에 여러 개를 떠서 같은 이어폰을 사용하는 딸 친구들과 가족, 그리고 나의 지인들에게 선물로 주기도 했다. 작은 노력으로 누군가를 기쁘게 한다는 게 좋았다.

요즘은 뜨개질과 바느질로 인형 옷이나 각종 소품을 예술작품 수준으로 정교하게 만드는 분도 많지만 나는 책을 읽거나 영화를 보면서도 할 수 있는 간단한 대바늘뜨기 정도만 한다. 잘 뜨다가도 한번 바늘을 내려놓으면 몇 년씩 쳐다보지 않기도 하지만 그러다 무슨 바람이 불어 갑자기 뜨개질에 꽂히면 매일 해온 것처럼 다시 앉아서 겨울 내내 수많은 물건들을 질리도록 만들어낸다.

반 아이들에게도 뜨개질의 재미를 느끼게 해주고 싶었다. 초보가 처음 하기에는 목도리 뜨기가 그만이다. 작년에는 아이들이 직접 뜬 목도리를 졸업하는 날 부모님께 선물하기로 했다. 실과 바늘이 함께 들어 있는 쁘띠 목도리 세트를 구입해 하나씩 주었다. 평소에 산만한 모습을 보이던 아이들도 의외로 차분히 앉아 뜨개질에 집중했다. 처음엔 어려워 보이지만 단순 반복 작업이라 익숙해지면 몰입하게 되고, 재미를 느끼는 것이다. 똑같이 설명을 듣고도 잘 못하는 경우 열 번이고 스무 번이고 나에게 와서 묻는다. 뜨개질하는 법을 묻는 건 너무 자연스럽다. 수학문제 푸는 법을 그렇게 묻지는 않는다. 실은 "선생님, 이것 좀 알려주세요." 하고 다가올 때를 노린다. 그렇게 다가올 때 옳다구나 하고 아이와 함께 실과 바늘을 잡고 머리를 맞댄 채 차근차근 알려준다. 그러다 보면 급속도로 친해진다. 아이들은 도움이 필요하면 망설일 필요 없이 선생님한테 요청하면 된다는 걸 체득한다. 평소에 대화를 잘 나누지 않았던 아이들끼리도 뜨개질하는 동안은 도란도란 이야기를 잘도 나눈다. 작년 아이들의 뜨개질 열정에는 '온책읽기' 도서로 고른 이나영 작가의 『붉은 실』이 한몫 톡톡히 했다. 뜨개질을 매개로 한 관계 맺기의 좋은 예로 무척 감동적이고 재미있다.

몇 년 전 4학년 담임이었을 때, 공부에 관심이 없어 시험 성적이 항상 좋지 않았던 우리 반 한 남자 아이가 뜨개질을 어찌나 잘하던지, 마치 기계로 뜬 것처럼 고르고 가지런했다. 심지어 목도리를 다 완성한 후에도

수시로 뜨개질 하듯 손을 움직였다. 뜨개질은 중독성이 있는 좋은 노작활동이다. 소근육을 발달시키며 두뇌에 자극을 주어 스트레스와 우울증을 감소시킨다고 한다.

학급 아이들과 뜨개질을 할 때는 주로 유튜브로 음악을 튼다. '뜨개질할 때 듣는 음악'을 검색하면 수많은 플레이리스트가 뜨지만 나는 주로 클래식 음악을 틀었다. 너무 빠른 비트의 음악은 아이들을 흥분시켜 차분한 뜨개질을 방해할 수 있기 때문에 '조용한 클래식'을 검색한다. 은은한 피아노곡이나 바이올린 명곡을 즐겨 튼다. 생상스 〈백조〉의 우아한 첼로 음률이나 왼손과 오른손이 뜨개질하듯 얽히고설키는 드뷔시의 피아노곡 〈아라베스크〉 1번도 좋다. 클래식을 많이 접하지 않은 아이들은 처음에는 조금 생소해하지만 계속 들려주면 어느새 편안한 표정이 된다. 훗날 어른이 되면 초등학생 시절의 '뜨개질'을 아름답게 마음을 공명케 했던 클래식으로 기억할지도 모른다. 아니면 생상스의 〈백조〉를 우연히 들은 날 어린 시절 뜨개질하던 교실을 떠올리며 실과 바늘을 다시 잡아 보고픈 마음이 생길지도.

작년에 아이들과 목도리 뜨기를 하면서 몇 년 만에 집에서도 바늘을 쥐었다. 베란다 청소를 하면서 발견한 오래된 털실 덕분이다. 비닐에 싸인 채 오랜 시간 방치되어 있던 털실로 무릎담요와 방석을 떴다. 복잡한 무늬는 넣지 않고 가터뜨기나 겉뜨기 안뜨기, 고무뜨기로만 했다. 그 후에는 인터넷으로 저렴한 모사를 구입해 베이지색 스웨터와 바라클라바 비슷한 모자, 모헤어를 섞어 털이 복슬복슬한 주황색 티셔츠 그리고 연두색 반팔티를 떴고 면사로 부활주일에 입을 흰색 면티도 떴다.

뜨개질을 하는 동안 생각은 벌써 다음 작품에 가 있다. 이걸 다 뜨고 나면 다음에는 무슨 색 실로 어떤 옷을 뜰까, 하는 생각으로 아직 뜨지도 않은 옷을 완성해 입은 모습을 상상한다. 이런 행복은 당겨 누려도 이자 물 걱정이 없다. 이 글을 써야겠다는 생각도 뜨개질하던 중에 했다. 두뇌를 자극하고 소근육을 발달시키는 뜨개질은 머리가 좋아지고 싶은 아이들에게도, 총기를 오래 유지하고픈 나에게도 도움이 되는 활동이다. 올해는 3학년이라 학급 아이들과 뜨개질을 할 수 있을지 모르겠다. 삼삼오오 모여 뜨개질하는 교실, 생각만 해도 마음이 따뜻해진다. 도란도란 이야기 나누며 좋은 관계를 엮어가고 싶다.

04

얍! 무도 수련

내가 태권도를 하게 될 줄이야!

유튜브로 국기원 시범단의 미국 공연을 보다가 마음이 뜨거워졌다. 외교관 출신의 노신사 분이 벽돌 격파로 한국의 태권도를 외국인에게 알리는 영상을 보고 용기를 내어 도장을 알아보기 시작했다. 그때까지는 4학년과 6학년 체육 교과서에도 나오는 태권도를 교사인 내가 배운 적이 없으니 도장에 다니는 반 아이들을 사범으로 뽑아 친구들을 가르치게 했다. 아이들끼리도 잘만 가르치고 배웠지만 나도 기회가 되면 배워야겠다는 생각을 전부터 했는데 드디어 실천하게 만든 불씨가 닿은 것이다.

태권도를 배우기로 마음먹으니 바이올리니스트 바네사

메이 ^{Vanessa Mae}가 스키선수로 활약했던 게 생각이 났다. 바이올린 연주자라면 장영주밖에 몰랐던 나는 어느 날 TV에서 미니스커트를 입고 콘트라단자를 연주하는 바네사 메이를 우연히 보고 홀딱 반했다. 싱가포르 출신으로 영국과 태국 국적을 지닌 그녀는 원래 영국 왕립음악원을 졸업한 클래식 음악가였으나 스스로 '바이올린 어쿠스틱 테크노 퓨전'을 표방하며 세계적인 스타가 되었다. 그런 그녀가 알파인 스키 대회에 태국 국가대표로 출전했다는 사실! 네 살부터 스키를 탔다는 그녀는 음악하느라 이루지 못한 꿈을 뒤늦게나마 펼쳐내 이룬 것이었다. 비록 성적은 좋지 않았지만 완주한 것만으로도 기뻐했다. 그래, 못 다한 꿈을 접어둔다는 말은 포기한다는 게 아니라 조만간 다시 펼친다는 말이었다.

흰 띠와 노란 띠를 하고 있을 때는 검은 띠가 어찌나 부럽던지. 그때의 목표는 오직 유단자가 되는 것이었다. 특별한 일이 없으면 거의 빠짐없이 주 3회 도장에 갔다. 출장이나 약속이 있을 때는 도복을 차에서 갈아입고 갔다.

태권도를 열심히 한 건 성취감 때문이다. 두세 달에 한 번 있는 승급 심사 후 띠 색이 바뀌는 게 은근히 도전의식을 불러일으킨다. 테이블을 꺼내고 노트북을 올린 채 심사를 하시는 관장님과 목소리에 힘이 들어간 사범님 덕분에 도장은 엄숙한 분위기로 바뀐다. 늘 하던 품새인데도 이상하게 긴장되어 틀릴까 봐 걱정하지만 심사가 끝나고 새로운 색깔의 띠를 받으면 그렇게 후련하고 행복할 수가 없었다.

또 하나 좋은 점은 자신감이 생겨난다는 것이다. 좋아하는 바이올린을 하면서도 무대에 서는 게 두려웠던 나에게 태권도 수련이 큰 힘이 되었다. 태권도를 배운 후에는 신기하게도 무대에서 바이올린을 연주하는 게 예전만큼 떨리지 않는다. 어두운 길을 걸을 때도 덜 무섭다. 최소한의 방어 기술을 가진 느낌이랄까? 무한히 연습한 발차기와 지르기를 쓸 날이 오지 않기를 바라지만 밤길이 무서운 분들은 태권도, 혹은 다른 무술을 하나 배우기를 권한다.

작년 6학년 아이들 졸업 전 발표회가 있었는데 우리 반은 다 같이 태권도를 하기로 했다. 기본 발차기와 지르기, 그리고 태극 1장을 했다. 반에 3품인 친구가 둘이 있어 중간에 나래차기나 돌개차기(턴 차기) 등 고난이도 발차기 시범과 고려 품새를 선보여 많은 박수를 받았다. 공연을 보던 다른 반 아이들이 자신도 태권도 배우고 싶다고 말하는 것을 듣고 어깨가 으쓱했다. 사실 2학기 동안 체육시간 짬짬이 태권도를 했다. 기본 동작을 익힌 후 태권도를 배운 적이 있는 아이들을 뽑아 사범으로 부르며 팀을 나누어 태극 1장을 연습하게 했다. 처음에는 낯설고 어색해했지만 점점 태권도의 매력에 빠졌다. 사범 역할을 맡는 아이들의 자부심도 대단했다. 결국 태극 1장을 반 전체 아이들이 칼 군무 하듯 할 수 있었다. 올해 2학기에도 아이들과 태권도를 하려고 1학기 마지막 체육시간에 사범 여섯 명을 뽑아두었다.

태권도를 배우며 제일 기억에 남는 건 1단 승단 심사 날이다. 국기원에 갔다면 더 놀라운 경험을 했겠지만 코로나 때문에 인근 도장에서 영상을 찍어 심사를 받게 되었다. 성인반 수업은 저녁에 따로 해서 아이들을 만날 기회가 적은데 승단 심사는 아이들 틈에서 하는 거라 쑥스러울 것 같았다. 수백 명의 아이들 중 성인 도전자는 열 명 정도였다. 토요일에 진행된 그날 승단 심사에 우리 도장 참가자로는 4품에 도전하는 중학생과 나뿐이었다.

추운 날 한 외진 도장 앞에 도착하니 노란색 차가 줄지어 서 있었다. 겨우 주차할 곳을 찾아 차를 대고 올라갔다. 도장에 들어서는 순간부터 긴장이 되었다. 빨간 띠를 맨 아이들이 엄청 많았다. 아이들이 다 나를 보는 것 같았다. 저 사

람은 어른인데 왜 빨간 띠를 매고 있을까, 하는 눈빛이었다. 성인만 따로 심사를 보는 게 아니어서 꼬마 친구들과 함께 기다렸다. 아이들이 하는 걸 지켜보니 동작이 맞지 않는 아이들도 꽤 있었지만 열정적인 모습이 귀여웠다. 아이들이 나를 보면서도 그런 생각을 하겠지 싶었다. 마지막 팀과 함께 태극 4장과 지정된 발차기를 했다. 태극 4장 중간에 갑자기 머릿속이 하얘졌는데 함께 했던 아이들 덕분에 틀리지 않고 잘 마쳤다. 나중에 관장님이 보내주신 영상을 보니 내가 생각한 것보다 훨씬 어설퍼서 깜짝 놀랐다.

종목이 무엇이건 성인이 되어 처음 운동에 도전했다면 크고 작은 난관을 맞닥뜨리기 마련이다. 나에게도 고비가 있었다. 젊은 친구들과 똑같은 강도로 운동을 하면서 다리 찢기 외에는 별 차이를 못 느껴 나름 체력이 괜찮다고 생각했다. 그동안 함께했던 이들 중에 부상으로 그만두신 분들이 있었는데 나는 1년 반이 되도록 큰 부상 없이 즐겁게 운동을 하고 있었던 것이다. 그런데 작년 가을에 드디어 올 게 왔다. 승단 심사를 앞두고 열심히 연습하던 어느 날, 1분 미트 겨루기를 하던 중이었다. 발차기 중 붕 떴다가 왼쪽 어깨로 사정없이 착지하고 말았다. 내려차기를 너무 높게 하다 보니 바닥에 붙였던 발이 나도 모르게 떨어지며 순식간에 벌어진 일이었다. 어깨뼈로 공중에 뜬 몸의 무게를 고스란히 받아냈으니 그 여파가 엄청났다. 놀라기도 하고 너무 아파 잠깐 동안은 움직이지도 못했다. 옆에서 보고 있던 도장 식구들이 놀란 눈으로 걱정해주었다. 그 와중에도 나는 머릿속으로 1단 승단 심사를 앞두고 태권도를 접는 건가, 하는 걱정을 하고 있었다. 곧 있을 바이올린 졸업연주회도 마음에 걸렸다. 아침에 내 차를 가지고 학교에 간 딸이 저녁에 늦게 온다고 해서 버스를 기다리는데 그날따라 어찌나 추운지, 어깨까지 아프니 눈물이 다 났다.

 저녁 내내 어깨뼈와 팔이 아팠는데 다음 날이 되니 조금 나아졌다. 하지만 팔을 들어 올릴 때마다 어깨가 아렸다. 퇴근길에 병원에 가서 엑스레이를 찍어 보니 뼈에는 이상이 없고 어깨 근육이나 인대가 찢어진 것 같다고 하셨다. 깁스를 하면 어떡하나 걱정했는데 팔을 들어 올릴 때 아픈 것 외에 일상생활은 가능해서 다른 조치 없이 염증 가라앉히는 약만 처방받은 것을 다행스럽게 여겼다.

그 후로 팔을 쓰는 데 어려움이 정말 많았다. 한동안 팔을 움직이지 못해 옷을 꿰어 입는 데도 시간이 한참씩 걸렸다. 여전히 도장에 가서 줄넘기도 하고 품새도 했지만 팔을 계속 들고 있으면 어깨 통증이 다시 찾아왔다. 바이올린을 오래 연습하기도 어려웠다. 여러 달이 지났는데도 아직 팔이 뒤로나 옆으로 자유롭게 돌아가지 않고, 특정 자세를 취하다가 갑자기 근육이 놀라거나 하면 한참 지난 후에야 통증이 가라앉곤 한다. 두 달쯤 지났을 때인가 병원을 옮겨 주사를 맞았다. 찢어진 근육의 회복을 돕는 주사라고 했다. 어깨근육 깊숙이 주사약이 들어가면서 어찌나 아픈지 창피함을 무릅쓰고 소리를 질렀는데 신기하게도 하루 만에 통증이 확연히 줄었다. 하지만 아직 원래의 상태로 돌아온 것은 아니다. 아마도 오랫동안 후유증에 시달릴 것 같다. 이 정도 회복된 것만으로도 감사하다. 그동안 운동 좌우명이 '꾸준히 열심히'였는데 이제 바뀌었다.

'절대 다치지 않기!'

05

태권도 수업이
너무 좋아

프랑스의 한 학교에 음악 선생님으로 온 바이올리니스트가 아이들과 함께 연주단을 만들어가는 과정을 그린 영화 〈라 멜로디〉(2018, 라시드 하미). 세계적인 바이올리니스트가 꿈이었지만 군인 남편을 따라 이사 다니느라 꿈을 접었던 한 여인이 빈민가 학교에 바이올린 교사로 취직하여 가난한 아이들을 카네기홀 무대에 세운다는 스토리의 〈뮤직 오브 하트〉(1999, 웨스 크레이븐).

이 두 작품은 내가 좋아하는 것이 다 있는 영화라 각별히 사랑한다. 귀여운 아이들이 있고, 음악이 있고, 실패의 그늘이 있는 중년의 교사가 있다. 무엇보다 수업이 있다. 음악 수업은 스케일 연습에서 시작된다. 가장 기본적인 것의 반복에서 시작하여 하나하나 쌓아올려 간다.

모든 수업이 그렇듯 태권도 수업에도 일정한 패턴이 있다. 다른 도장에는 다녀보지 않아 우리 도장 중심으로 말하자면 시작은 줄넘기로 한다. 내가 처음 도장에 갔을 때는 중학생과 대학생 수련생이 많아 달리기를 10분 동안 하기도 했는데 요즘은 개인 사정으로 다들 그만두고 직장인 여성들만 있으니 주로 줄넘기를 5분 정도 한다. 10분간 달릴 때는 여러 가지 점프 동작이나 달리기 방법을 바꿔가며 했는데 그 변화와 활기가 좋았다. 메인 운동 전에 항상 다리 찢기를 비롯한 스트레칭을 꼭 한다. 다리 찢기의 고통 때문에 태권도를 그만둔 분들이 많다는데 우리 도장에서는 자신에게 맞는 정도로만 하게 한다. 무리하게 하다가 부상을 입으면 태권도를 못 하게 될 수도 있으니까. 스트레칭 후에는 주로 기본 지르기나 발차기를 하고, 프로그램에 따라 품새나 손기술, 겨루기를 한다. 매주 월요일은 품새, 수요일은 손기술, 금요일은 겨루기를 하는 것으로 프로그램을 정해두었지만 때에 따라 조금씩 바뀐다. 품새대회나 승급·승단심사를 앞두고 있다면 품새에 집중하고, 겨루기 대회가 있을 때는 겨루기에 비중을 둔다. 마지막에는 체력을 단련하기 위한 활동을 하는데 주로 플랭크나 팔굽혀펴기를 하고 때로는 누워서 다리를 붙이고 들어 양쪽으로 왔다 갔다 하는 트위스트와 같은 복근운동이나 여러 활동을 돌아가면서 하는 순환운동, 또는 말랑한 폼 위에 한 발로 올라서 균형 잡고 버티기를 한다. 관장님이 바쁘실 때는 다른 사범님이 수업을 하시는데 관장님이 수업하실 때 땀이 두 배로 나고 쉴틈 없이 운동하게 된다. 관장님 수업은 힘들지만 제대로 운동했다는 성취감이 있고, 사범님의 수업은 친절한 설명이 곁들여져서 좋다.

실전 손기술에 대한 책을 내기도 한 관장님 덕분에 권투에 버금가는 손기술 동작들을 배우고 있다. 바로지르기, 반대지르기, 두번 지르기, 돌려지르기, 젖혀지르기, 치지르기 등 복싱의 잽과 훅을 연상케 하는 동작들을 한다.

겨루기 대회에서는 정권 지르기만 점수로 인정되는데 실제 위험 상황에서는 발차기뿐 아니라 지르기도 중요하기 때문에 호신을 위해서라도 잘 배워두면 좋다. 지르기를 배운 덕분에 권투 영화나 액션 영화를 보면 남 일처럼 느껴지지 않아 더 유심히 보게 된다. 겨루기는 보호 장구를 차기도 하지만 없이 할 때도 있다. 이때는 상대를 실제로 가격하지 않고 바로 앞에서 멈춘다. 내가 처음 도장에 갔을 때는 코로나가 심했던 상황이어서 겨루기를 많이 하지 않았고, 보호장구를 착용하지 않은 채 바로 앞에서 멈추는 약속 겨루기를 자주 했다. 신체 접촉을 최소화하기 위해서다. 때때로 머리 보호대와 몸통 보호대, 팔과 다리 보호대를 갖추고 실제로 타격하기도 하는데 그럴 때마다 가슴이 터질 것처럼 긴장된다. 겨루기를 즐기지는 않지만 만일의 사태를 대비한 실전 훈련은 무술을 연마하는 사람에게 꼭 필요한 부분이라 생각하며 꿋꿋이 하고 있다.

태권도 경기는 크게 겨루기와 품새로 나뉜다. 세계선수권대회도 겨루기와 품새가 따로 2년에 한 번씩 열린다. 우리 학원 관장님은 오래전부터 품새 국가대표 선수로 활동해오셨다. 그래서 도장 이름에도 '국가대표'라는 말이 들어간다. 2022년도 아시안선수권대회에서도 국가대표였다. 우연히 선택한 도장에서 이렇게 대단한 분을 만났다는 게 놀라울 따름이다. 성인이 무언가를 배울 때는 이동 거리도 고려해야 하지만 훌륭한 분을 찾아가는 것도 중요한 것 같다. 자부심을 갖고 오래 수련하는 데 동력이 된다. 앵무새처럼 품새를 따라만 하기보다 정확한 세부 동작이나 그 안에 담긴 정신까지 제대로 전수받을 수 있는, 존경할 만한 사범을 만나는 것이 좋겠다.

　운동을 제대로 해본 적이 거의 없었던 나는 주 3회 50분씩 운동하면서 체력이 조금씩 좋아졌다. 처음에는 줄넘기 2단 넘기(쌩쌩이)를 한 번도 못했는데 조금씩 개수가 늘다가 23개를 최고 기록으로 세웠다. 요즘도 열 번은 수월하게 넘긴다. 아파트 7층 정도는 거뜬히 오르고, 자주 가진 않지만 높지 않은 산은 별 어려움 없이 오른다. 지르기로 팔 근육이 단단해져서 그런지 바이올린을 오래 들고 연습해도 피곤한 줄을 모른다. 활을 오래 계속 긋는 것도 별로 힘들지 않다. 바이올린 연주는 한쪽 방향만 움직이므로 몸이 틀어질 수 있는데 태권도를 통해 온몸 근육을 고루 쓸 수 있어 좋다. 미트 발차기를 할 때마다 미트를 뻥뻥 때리는 소리가 스트레스를 날려준다. 기합 넣는 것도 처음에는 쑥스러웠지만 기합 소리와 함께 지르거나 발차기를 하면 훨씬 잘된다는 것을 체험하고 일부러라도 넣는다. 어떤 때는 반복 발차기에 지쳐 신음소리처럼 들리기도 하지만.

　도장에 다니며 좋은 분들을 많이 만났다. 지금은 중국에 유학 간 학생, 연예인 매니저, 품새와 겨루기 선수 출신의 사범님들, 중등 선생님, 군인 커플, 그리고 지금 함께 운동하고 있는 사회 초년생들과 중·고등학생 등 다양한 사람들과 함께 땀을 흘려왔다. 개인적인 사정으로 중단하거나 부상으로 잠시 쉬는 분도 있지만 그분들과 함께하며 운동에 재미를 붙일 수 있었다. 성인이 되어 흰 띠부터 시작한다는 것이 쑥스럽겠지만 승급심사 때마다 띠 색깔이 바뀌는 성취감을 꼭 맛보았으면 좋겠다. 서로 격려하고 응원하는 박수 소리를 들을 때마다 태권도 시작하길 참 잘했다 싶다. 꼭 태권도가 아니어도 정기적으로 시간을 정해 운동하는 것은 무엇이든 좋다고 생각한다. 자신에게 맞는 운동을 골라 꾸준히 하면 건강은 물론 보다 활기찬 삶을 얻는다.

태권도뿐 아니라 복싱, 검도, 유도, 합기도, 혹은 요즘 인기 있는 주짓수와 같이 무도를 하면 정신 수양이나 호신적인 면에서도 도움이 되고, 무엇보다 사회생활 중 자신감을 얻게 된다는 것을 경험을 통해 알았다. 대신 나이를 생각해 지나친 욕심 부리지 말고 항상 부상 조심하기! 사족을 붙이자면 태권도는 품새를 외워야 하기에 치매 예방에도 도움이 될 것 같다. 나의 넘치는 태권도 사랑!

성인 태권도장은 어떻게 찾아요?

지인을 통해 소개받으면 좋겠지만 주변에 태권도 하시는 분이 없는 경우 검색으로 도장을 찾아볼 수 있습니다. 인터넷 브라우저 검색창에 지역명과 함께 '성인 태권도'를 입력하면 인근 도장들에 관한 정보가 뜹니다. 블로그를 비롯한 소셜 네트워크 서비스를 보고 최근 게시물이 활발히 올라오는 곳을 선택하는 것이 좋습니다.

집 근처에 여러 개가 있다면 관장님 성함을 검색해보세요. 생각보다 어른을 가르친다는 게 쉬운 일이 아닙니다. 자신이 있는 실력자만이 성인반을 운영할 수 있다고 생각합니다.

게시된 사진들을 통해 도장 분위기도 한 번 살펴보면 좋습니다. 함께 배우는 분들과의 유대감도 지속적인 운동에 큰 밑거름이 될 테니까요.

06

몰입식 영어 공부

영어 성경을 주문했다. NIV^{New International Virsion} 성경을 갖고 있었는데 낡기도 했거니와 글자가 너무 작다. 올해 목표 중 '구약은 한글로, 신약은 영어로 1독하기'를 넣어놓고 글자 크기를 핑계로 차일피일 미루던 차였다. 일반 단행본처럼 편집된 새 성경을 받고 보니 과연 잘 보였다.

학창 시절에는 영어를 그다지 좋아하지 않았다. 하지만 초임 시절에 초등교육에 영어가 도입되었기에 아이들을 가르치려면 공부하지 않을 수 없었다. 교육청에서는 영어를 가르칠 수 있는 담임교사 양성을 위해 틈나는 대로 영어 연수를 개설했다. 학교에서 막내였던 나는 연수마다 내 의사와 상관없이 가곤 했다. 지나고 보니 남들은 비용을 들여 공부해야 하는 것을 무료로 배울 기회가 넘치게 주어지는 교사라는 직업이 참 감사하다. 시간이 흘러 원어민 교사가 대거 고용되는 시기가 왔다. 캐나다와 미국, 영국, 남아프리카공화국, 호주 등지에서 수많은 젊은이들이 쏟아져 들어왔다. 학교에서 원어민 교사를 보는 것은 신기한 경험이었다. 어느 날 학교에 시카고 출신의 레베카 선생님이 왔다. 집이 학교 가는 길에 있어 1년 정도 내 차로 함께 출퇴근했다. 레베가 입장에서는 버스로 한참을 돌아가는 길을 금방 갈 수 있어 좋았을 테지만 나 역시 회화 연습을 무료로 할 수 있어 좋았다. 책과 영화를 좋아하는 그녀와 나는 죽이 잘 맞았다. 레베카가 추천해 『더 로드』라는 책과 영화를 너무 재미있게 보았고, 〈토르〉라는 영화로 멋진 크리스 햄스워스를 만났다. 그 책과 영화를 떠올릴 때마다 단발머리의 레베카가 생각난다.

어느 날 같은 학교 동료 선생님으로부터 6개월 영어 심화과정 연수 이야기를 들었다. 해외연수까지 다녀온 걸 알고 너무 부러워 나도 도전하고 싶어졌다. 텝스TEPS 시험을 급히 보았더니 턱걸이로 겨우 지원할 수 있는 점수가 나왔다. 같은 학교 선생님 한 분과 같이 지원해 합격하고 숙명여대에서 어린이를 위한 테솔 과정(Y-Tesol)을 수강하게 되었다. 자격증에다 한 달 호주 어학연수 기회까지 준다니 좋았지만 워낙 영어 실력이 바닥이라 걱정되었다. 한편 다시 학생 신분이 되어 설레기도 했다.

첫날 오리엔테이션 때 기억이 아직도 난다. '지금은 꿈틀꿈틀 애벌레이지만 훌륭한 강사들의 지식을 야무지게 받아먹고 하늘을 나는 나비 같은 멋진 영어 교사가 되라'는 원장님의 메시지를 들은 그날부터 나는 되도록 영어만 사용하려고 노력했다. 같이 간 선생님이 큰 의지가 되었는데 둘만 있을 때도 영어로 대화하는 것이 하나의 재미였다. 브로큰 잉글리시를 구사하는 우리를 본 사람들이 속으로 얼마나 웃었을까? 하지만 우리는 개의치 않았다. 수업 시간에 졸지 않으려고 아침마다 바닐라 시럽이 잔뜩 든 커피를 샀고, 수업 내용을 하나라도 놓칠 새라 열심히 필기했다. 영어로 하는 수업시연 준비와 수많은 과제로 새벽 2시 취침이 일상이었음에도 하루하루가 재미났다.

영어 단어 외우는 게 힘들어 한 가지 꾀를 생각해냈다. 자주 사용되는 단어 중 모르는 게 있으면 수첩에 철자와 뜻을 적어두었다가 녹음을 해서 계속 들으며 다녔다. 내 목소리를 듣는 게 처음엔 좀 민망했지만 나만 듣는 거라 생각하니 괜찮았다. 계속 반복해서 들었더니 단어가 저절로 외워

졌다. 테솔 과정 동안은 영어 원서만 읽으리라 작심하고 틈틈이 읽었다. 국내 고등학생이었던 박원희 씨가 미국 아이비리그의 여러 대학에 합격한 경험을 쓴 『공부 9단 오기 10단』이라는 책에서 아무리 바빠도 자기 전 한 시간은 영어 원서를 읽었다고 했던

게 생각나서였다. 그해 동화책 포함 서른 권 정도의 원서를 읽었다.

여름 방학 때 브리즈번으로 어학연수를 가면서 한 번도 외국에서 1주일 이상 체류해본 적이 없었던 나는 걱정이 많아 별걸 다 챙겨갔다. 대형 이민가방에 고무장갑까지 넣었으니……. 울월스Woolworths 같은 마트에 가면 구할 수 있는 잡동사니들을 뭘 하러 그렇게 챙겼었는지. 홈스테이 집 주인이 새벽에 도착한 나를 마중 나왔다가 내 짐을 들고 낑낑대면서도 행여 아기가 깰까 조심조심 계단을 올라갔던 일이 떠오른다. 어찌나 미안하던지. 다른 선생님들의 호스트는 예의 없거나 요리가 형편없는 경우도 있었는데 나는 운 좋게도 마음씨 좋고 요리가 취미인 부부의 집에서 배불리

먹으며 편히 잘 지냈다. 남아프리카 공화국 출신의 그 부부는 간 소고기와 펜네를 넣은 치즈오븐파스타를 정말 맛있게 만들었다. 그때를 떠올리며 요즘도 가끔 해 먹는다. 작은 뒤뜰에서 가끔 바비큐 파티도 했고, 자신들이 다니는 교회와 몇 가정이 모이는 소모임에 나를 데리고 갔다. 대화중에 무슨 말인지 못 알아들어 'Pardon?'을 연신 외치고, 주말 동안 브리즈번 여행을 마음껏 하지 못했지만 춤추며 노래하는 자유로운 예배 분위기나 가족들 간 오붓한 소모임 문화를 체험할 수 있었던 무척이나 값진 경험이었다.

모든 과정을 마치고 졸업하는 날, 나는 졸업생 대표(valedictorian) 고별사를 했다. 어학점수 턱걸이로 들어간 내가 수석이라니. 학창시절에도 한 번도 누려보지 못한 영광이었다. 아직 어렸던 아이들을 두고 한 달이나 호주에 가 있는 동안 남편은 몸무게가 6킬로그램이나 줄었고, 막내는 매일 밤 내 옷을 껴안고 냄새를 맡으며 울다 잠이 들었다는 이야기를 듣고 마음이 찢어지는 것 같았다. 나 역시 치열하게 공부했기에 후회 없는 6개월이었다.

영어 연수를 마치고 다시 학교로 복귀하여 한 학기는 담임교사를 하고 그 후 수년간 영어 전담교사를 했다. 연수 후 의무적으로 해야 하는 기간이 있기도 했지만 영어 수업은 정말 재미있었다. 운 좋게도 좋은 원어민 선생님들과 함께 수업하며 수업 기술과 영어 실력이 조금씩 나아졌다. 학교를 옮기고 계속 영어 전담교사만 하다 보니 다시 담임이 그리워져 지난 학교 마지막 한 해는 오랜만에 4학년 담임을 했다. 여러 업무와 다양한 수업으로 힘든 점도 있었지만 아이들과 내가 함께 행복한 학급을 꾸려가는 재미가 있어 그 후로는 계속 담임을 맡고 있다. 담임으로 돌아온 후에도 영어를 잊어버리지 않으려고 노력했는데 어쩔 수 없이 점점 멀어지고 있다. 그러고 보니 연수 받은 지도 10년이 넘었다. 다시 기회가 주어진다면 영어 심화과정 연수를 또 받고 싶다. 이전과 같은 열정이나 체력이 없을지도 모르지만.

하나의 언어를 잘 익히면 세상은 그만큼 넓어진다. 내게 영어는 우물 밖으로 타고 나갈 수 있는 두레박이 되어주었다. 호주의 한 호스텔에서 독일 아이들과 시끌벅적한 밤을 보낸 일이 있다. 오래전 시드니의 한 맥도널드에서 중국인 여행객을 만나 반나절 동안 보타닉 가든을 함께 거닐기도 했다. 영어로 연결된 새로운 만남이었다. 얼마 전 〈슬램덩크〉라는 애니메이션을 영화관에서 세 번이나 보았다. 어린 시절 남동생의 책상에 조로록 꽂혀 있던 만화책의 주인공들이 살아 움직이는 걸 보니 감개무량했다. 낯선 언어로만 여겼던 일본어가 아름답게 다가왔다. 일본어를 익혀 영화나 애니메이션을 자막 없이 볼 수 있다면 얼마나 행복할까? 『어린 왕자』를 프랑스 원어로 읽는다면? 욕심을 접고 내 평생 영어 하나만이라도 제대로 해야겠다.

요즘은 넷플릭스로 영어 자막을 틀어놓고 영화를 본다. 여러 번 보아도 질리지 않을 영화를 한 편 골라 한국어 자막으로 먼저 본 다음 자막 없이, 또는 영어 자막으로 반복해서 본다. 이 방법이 효과적이라는 것을 나는 고등학교를 졸업하고야 깨달았다. 대학교에 막 들어갈 즈음 TV에서 〈비버리힐스의 아이들(Beverly Hills, 90210)〉이라는 드라마가 방영되었다. 처음에는 더빙으로, 시간이 흐른 뒤에는 원어에 한글 자막으로 나왔다. 비디오테이프에 녹화까지 해가며 열심히 보고 또 보다 보니 영어 문장들이 귀에 쏙쏙 들어와 꽂혔다. 네이버 블로그를 비롯한 각종 소셜 네트워크에서 사용하는 켈리Kelly라는 나의 별명도 이 드라마에서 가장 좋아했던 주인공 켈리 테일러Kelly Taylor-Jennie Garth에서 가져왔다.

중학생 시절, 친구들 따라 라디오를 들으며 팝송으로 영어공부를 하던 기억이 난다. '굿모닝 팝스'라는 KBS 라디오 프로그램이다. 찾아보니 현재는 '조정현'이라는 영어강사

겸 가수가 진행하는 아침 프로그램으로 1988년부터 오늘까지도 방송되고 있었다. 매일 6시부터 한 시간 동안 30년 넘게 이어오고 있는 장수 프로그램이었다. 1대 곽영일 DJ로부터 오성식, 이지영 등 그동안 일곱 명의 진행자가 있었다. 노래 좋아하는 분들은 팝송으로 상쾌한 하루를 시작해보는 것도 좋겠다. 오래전에도 교재가 있었는데 교재 역시 아직 매월 발간되고 있었다. 라디오 옆에 붙어 노래를 녹음하던 시절에 비하면 지금은 언제 어디서건 앱으로도 들을 수 있으니 영어 배우기 참 좋은 세상이다. 오늘의 플레이리스트를 찾아보니 〈Say You Love Me〉와 크랜베리스^{The Cranberries}의 〈Dreams〉 같은 추억의 명곡들이 있다.

영어 전담교사를 할 때도 아이들과 팝송을 많이 불렀었다. 빈칸에 가사 채우기 학습지를 나눠주고 아이들과 〈Count On Me〉 〈You Are My Sunshine〉 〈Lemon Tree〉 같은 노래들을 함께 불렀다. 아이들이 재미있어했던 영어 노래 영상은 'I Never Go to Work'였다. 일하지 않고, 학교 가지 않고, 트럼펫만 불고 싶다는 귀여운 영상이다. 《모아나》나 《겨울왕국》과 같은 애니메이션 주제곡도 아이들이 좋아했다. '영어수업 팝송'을 검색하면 유치원부터 고등학교까지 학교 급별 추천 팝송을 찾을 수 있다. 음악을 좋아하는 사람은 외국어도 잘한다는 말이 있다. 음의 높낮이를 구별하는 예민한 귀가 외국어의 음조나 성조를 잘 기억하고 흉내 낼 수 있게 하는지도 모른다.

요즘 우리 집 아이들이 취업 준비하는 걸 보면서 영어가 얼마나 중요한지 실감한다. 기본적으로 영어를 잘하는 사람에게 더 많은 기회가 있는 것은 당연한 것 같다. 영어를 '공부'라는 이름으로 괴로워하기보다 내가 좋아하는 콘텐츠를 통해 재미있게 흡수하고 싶다. 앞으로도 나는 계속 영어를 야금야금 먹을 것이다.

07

바이올린과 사시나무

"바이올린 같이 할래요?"

새로운 무언가를 시작하는 데는 계기가 있기 마련이다. 1학년 부장을 맡고 있어 바빴던 때였다. 유휴 교실이 없어 수업이 끝난 오후에 우리 반 교실을 방과후 바이올린 반으로 내어주게 되었다. 그때 선생님들에게 무슨 바람이 불었는지 갑자기 교사 바이올린 동아리를 만들었다. 아이들 수업이 끝나고 선생님들이 열 명 남짓 모여 강사님에게 단체로 레슨을 받았다. 처음에는 학년부장이라 바빠서 별로 내키지 않았는데 어차피 우리 반 교실을 내어주는 김에 그냥 같이 배워보자 싶어 합류했다. 3개월쯤 지나니 선생님들이 하나둘 그만두기 시작했고, 1년 후에는 나 혼자 남았다.

처음 배울 때는 바이올린 선생님께 악기를 대여해 사용하고 있었는데 다니던 교회에 갑자기 챔버가 생긴다는 걸 듣고 왕초보인 나도 낄 수 있을까 하는 욕심에 거금 100만 원을 들여 악기를 구입했다. 겨우 1년 남짓 배운 실력으로 어떻게 그런 말도 안 되는 용기를 냈는지 지금 생각하면 주변 분들에게 여간 민폐를 끼친 게 아니었다 싶다. 하지만 그렇게라도 매주 연주를 해나가니 초견(악보 보고 바로 연주하는) 실력이나 듣는 귀가 조금씩 발전하는 느낌이었다. 잘하는 분들 속에 있어서 그런 착각을 했던 것 같기도 하다.

전근으로 이동해 간 학교에도 같은 선생님이 방과후 강사로 오셔서 조금 더 배웠다가 멀리 이사 오느라 레슨을 멈추게 되었지만 아마추어 오케스트라와 교회 챔버 활동은 계속 이어갔다. 그러던 중 갑자기 독주를 하는 사건이 있었다. 교회 특송 무대에 서달라는 제안을 받은 것이다. 간단한 찬송가를 연주하면 되는 거라 덥석 받아들였는데 선무당이 사람 잡는다고 홀로 무대에 선다는 게 어떤 건지 나는 정말 아무것도 몰랐다. 덜덜 떨리는 팔로 간신히 연주를 하고 무대에서 내려오는데(내게 특송 무대를 권한 권사님이 긴장해 덜덜 떠는 나를 보고 눈물을 흘리셨다. 감격해서가 아니라 너무 애처로워서.) 너무나 창피해 얼굴이 화끈거렸다. 그때부터 나에게

'사시나무'라는 새로운 별명이 생겼다. 바이올린을 들을 만
하게 연주하려면 제대로 배워야 한다는 각성이 그때 처음
일어났던 것 같다.

오랜 검색 끝에 토요일에만 수업을 하는 학교를 발견했
다. 악기별 1대 1레슨과 음악 이론, 앙상블과 성악 등 다채
로운 실기 수업을 비롯해 향상음악회 같은 여러 발표 기회

가 있어 좋았다. 그렇게 입학한 기독음대(정식 명칭은 한국기독교음악대학이었고 현재는 사단법인 한국교회음악원으로 이름이 바뀜)에서 만난 바이올린 교수님과 지금까지 연락하며 지낸다. 교수님은 아직 그 학교에서 후학을 양성하시고, 첼리스트인 남편과 함께 연주회장 겸용 카페를 운영하며 활발히 연주활동을 하고 계시는데 그런 모습이 무척 든든하여 나에게 큰 동기부여가 된다.

바이올린 실력은 금방 좋아지지 않는다. 결코 만만한 악기가 아니다. 나이 들어 배우면 더 그렇다. 어렸을 때 조금이라도 배운 분들이 그렇게 부러울 수가 없었는데 이제라도 하게 된 걸 감사하기로 했다. 기독음대를 졸업한 뒤 잠시 쉬었다가 역시 토요일에만 수업을 하는 백석대학교 대학원(현 백석대학교 문화예술대학원) 관현악과에 바이올린 전공으로 입학했다. 매주 짜여진 프로그램대로 그야말로 피나는 연습을 했다. 수업도 좋았지만 수업 후 선후배, 동기들과 모여 수다 떠는 시간이 참 좋았다. 집에서 기다리는 가족에게 미안하긴 했지만 동료들과 나누는 음악 이야기 속에서 참 행복했다.

대학원 생활의 하이라이트는 졸업 연주 리사이틀이다.

무대에 선다는 설렘과 동시에 부담도 컸다. 학교 근무를 하면서 45분짜리 리사이틀을 준비한다는 게 쉬운 일이 아니었다. 집 앞 실용음악학원을 빌려 새벽에 두 시간, 퇴근 후 두 시간, 그리고 주말에는 더 길게 시간을 내어 연습했다. 짧은 시간에 헨델, 베리오, 그리고 스트라빈스키의 곡을 연습해야 했는데, 나에겐 매우 버거운 레퍼토리였다. 게다가 봉사연주 단체에서 월요일 저녁마다 연습이 있었고, 격주로 오케스트라 연습에도 참여하고 있었다. 욕심이 너무 과했던 것이다. 리사이틀을 한 달 앞두고 교수님이 그렇게 해서 리사이틀을 하겠느냐고 나무라시는 바람에 다른 활동은 모두 접고 졸업 연주회 연습에만 집중했다. 그럼에도 어설픈 건 어쩔 수 없었다. 어쨌든 졸업 연주회는 무사히 마쳤다. 그렇게 대학원을 졸업하고는 집에서 그리 멀지 않은 명지대학교 미래교육원의 음악학사 학위과정에 등록했다. 교수님 레슨을 저렴한 비용으로 받을 수 있다는 것이 장점이라 생각했다. 학교 근무 때문에 레슨을 제외한 다른 수업은 듣지 못해 졸업과 멀어지고 있지만 벌써 레슨 여덟 학기를 마치고 작년 말에 또 졸업연주회를 했다. 막내가 '엄마는 졸업연주를 몇 번이나 하는 거예요?' 하며 핀잔을 주기도 했다. 무대에 서는 건 늘 긴장된다. 그 긴장마저도 즐기며 아름다운 감

동을 관객들에게 들려줄 날이 언젠가는 오게 되리라는 믿음을 가지고 오늘도 수없이 틀려가며 연습한다.

시작한지 1년 만에 처음 장만한 바이올린 이후 바이올린을 여러 번 바꾸었다. 처음 살 때의 금액보다 무려 스무 배 가까운 가격의 악기를 가지고 있지만 아직도 더 좋은 악기를 탐낸다. 욕심도 많아서 바이올린이 총 다섯 대다. (심지어

첼로도 하나 있다.) 나의 바이올린 사랑은 앞으로도 계속될 것
이다.

얼마 전 용인을 거점으로 엄청난 활약을 하고 있는 인뮤
직(프로와 아마추어가 공존하는 연주단체)에 속한 바이올린 동아
리 모임에 갔다가 교수님 포스의 새 회원님을 만났다. 그분
은 평균연령이 75세인 앙상블에서 활동 중이었다. 90세인
바이올린 연주자도 있다고 한다. 나도 머리가 새하얗게 셀
때까지, 바이올린을 들어 올릴 힘이 있는 한 계속 연주하고
싶다. 바람이 있다면 늦은 나이에 악기를 시작하는 분들께
미약하나마 용기를 드리는 것, 그리고 나만의 만족이 아닌
다른 이에게 울림을 주는 연주를 하는 것이다.

08

내 영혼을 울린
그 순간

한 가지 일을 꾸준히 하기 위해 요구되는 필요조건과 충분조건이 있다. 돕는 사람과 좋은 기회, 본인의 의지와 체력, 그리고 좋은 선배나 동료 등 롤모델도 있으면 좋다. 그런데 이 모든 것은 우연히 마주한 내 안의 강렬한 영감에서 이어진다는 생각이 든다.

바이올린을 처음 배울 때 운전하면서 음악 CD를 많이 들었는데 '소마트리오'라는 피아노트리오의 CCM 음반 중 〈내 구주 예수를〉이라는 곡이 나오면 눈물이 줄줄 흘러내렸다. 높은 음역대의 바이올린 선율이 내 마음 깊숙한 곳을 건드렸다. 무엇 때문인지는 알 수 없다. 그 뒤로 바이올린 소리가 내게 일으키는 감동을 계속 찾게 되었다. 대학원에서 본

격적으로 바이올린을 배우기 시작하면서 수많은 독주회와 오케스트라 연주를 보러 다녔다. 유학 다녀오신 분들의 귀국 독주회를 비롯해 유명한 김봄소리, 김다미, 힐러리 한, 그리고 얼마 전에는 아우구스틴 하델리히의 공연도 보았다. 가장 기억에 남는 바이올린 연주는 2018년 7월에 있었던 경기필하모닉 오케스트라의 공연 중 협연한 양성식 님(나중에 알고 보니 우리나라 1세대 바이올리니스트 양해엽 님의 아들이자 첼리스트 양석원 님의 형님이셨다)의 브람스 〈바이올린 협주곡 라장조, Op.77〉이었다. 연주자에 대해 전혀 모르는 상태였다가 수염을 기른 중년의 연주자가 입장하여 연주를 시작하자 너무나 아름답고 완벽한 연주에 넋이 나갔다. 예술의 전당을 그렇게 다녔지만 연주회 중간에 공연장 앞 가게에서 CD를 사보기는 처음이었다. 그때 산 음반을 아직도 내 차에서 즐겨 듣고 있다.

음악대학원에서 만난 다양한 배경의 학우들은 게으름을 피울 수 없게 만든다. 제주 도립합창단 반주자로 있는 분이 매주 비행기를 타고 서울에 와 수업에 참여했다. 그분과는 입학 동기로 만나 졸업연주회도 함께했다. 목포 시립교향악단 첼리스트인 분도 있었다. 그런가 하면 50대에 바이올린을 처음 시작한 분도 있었는데 피아노학원을 운영 중이었다. 나 같은 교사나 공무원도 있었다. 다들 만학도인데다 직장 때문에 토요일에만 수업이 열리는 대학원을 찾아온 분들이었다. 음악대학원 졸업 후 다니고 있는 미래교육원도 마찬가지다. 졸업 후에는 본인이 운영하는 학원에서 바이올린 과목을 추가해 가르치거나 개인레슨을 한다. 교수님 소개나 오디션을 통해 전문 교향악단에 입단하는 경우도 있다. 나 같은 공무원은 겸업이 금지되어 있으므로 졸업 후 진로라야 취미로 악단 활동을 하는 정도이지만 학교 다닌 덕을 톡톡히 보고 있다. 전에 근무하던 학교에서 아이들을 모아 챔버오케스트라를 만들어 3년간 지도했다. 대학원에서 부전공으로 지휘 수업을 들어가며 최선을 다해 챔버오케스트라를 키워나갔다. 그때 함께한 아이들은 졸업식과 등굣길 음악회 같은 학교행사는 물론 교육청 대회나 인근 행사에 불려다니며 연주경험을 쌓았다. 그때 그 아이들의 후배들이 뒤를 이어 학교 오케스트라의 명맥을 잘 잇고 있다는 것만으로도 크게 보람을 느낀다.

뒤늦게 악기를 배우는 이유가 경제적 수익 때문은 아닐 것이다. 악기 연습이 스트레스이거나 즐거움 하나 없는 고통뿐인 일이라면 시작하지 않는 것이 나을 수도 있다. 목표를 너무 높게 잡으면 포기하게 된다. 작은 성취를 이루는 데서 재미를 찾아야 한다. 어제의 소리보다 오늘 조금이라도 나을 때, 어제보다 손가락이 좀더 잘 돌아갈 때, 그 작은 향상에 기쁨을 느끼면 된다. 지금이라도 배우면 남은 생을 음악과 함께하는 기쁨을 누릴 수 있다. 피아노 치는 의사, 첼로 켜는 공무원, 기타 치는 회사원…… 멋지지 않은가? 파블로 카잘스는 90이 넘은 나이에도 아침에 일어나면 피아노를 치고 첼로 스케일을 하며 하루를 시작했다고 한다.

물론 꼭 악기를 연주해야만 음악이 있는 삶인 것은 아니다. 음악 감상도 멋진 취미다. 하지만 악기를 배우게 되면 보다 적극적으로 듣게 되니 잘 듣기 위해서라도 악기를 다루는 시도를 해보면 좋겠다. 연주회장 문턱도 넘어보지 않고 살았던 나의 반평생에 비해 악기를 배우면서 음악회를 찾아다니고, 새로운 음악가를 알아가는 요즘이 훨씬 풍요롭다고 느끼기 때문이다. 악기 배우기 전에는 연주를 들으면서 정말 잘하는구나, 하고 감탄만 했지만 지금은 나에게 적용할 부분을 찾는다. 적극적 경청을 하게 된 것이다. 좋아하는 연주자나 작곡가가 생기면 연주회 가는 데 더 열심을 내게 된다. 연주회장에서 숨소리까지 들으며 몸 전체에서 뿜어 나오는 음악의 기운을 받으면 나도 연습해서 저렇게 해

보고 싶다는 열망으로 가득 찬다.

　전체적인 음악의 어우러짐을 느끼기 위해서는 관객석의 뒷자리에 앉는 것이 감상에 좋을지도 모르지만 악기를 배우는 입장에서는 무대 가까운 데서 보는 것이 좋다. 실내악 공연 때 앞자리에 앉으면 연주자가 어떤 현을 사용하는지까지도 보인다.

　학교 다니면서 기회가 될 때마다 실내악 연주를 자주 보러 다녔다. 2020년 2월 7일 연세대학교 백주년기념관 콘서트홀에서 열린 '실내악 콘서트 시리즈 1'을 보러 간 건 인기 바이올리니스트 한수진 님의 연주를 듣기 위함이었다. 한수진 님은 피아니스트와 함께 첫 번째 순서로 무대에 서게 되어 있었다. 기대감을 안고 공연장에 들어섰는데 코로나 초기여서 넓은 홀에 관객이 별로 없었다. 언제나처럼 맨 앞에 앉아 연주를 만끽할 마음의 준비를 했다. 연주자를 집으로 불러 연주를 듣던 중세 귀족이 된 느낌이었다. 첫 곡도 좋았지만 두 번째 슈만의 5중주곡이 연주될 때는 정신을 차릴 수 없이 빠져들었다. 특히 첼로 소리가 너무나 멋지게 들렸다. 급기야 3악장에서는 갑자기 눈물이 터져 나왔다. 두 번째 곡의 감동을 안고 인터미션을 보낸 뒤, 아! 세 번째는 정말 최고였다. 내가 너무나 좋아하는 브람스 트리오인 데다가 바이올린 연주자가 얼마 전 뚝섬 공연에서 본 안세훈 님이어서 반가운 마음에 웃음이 나왔다. 바이올리니스트가 어찌나 땀을 많이 흘리시는지 1악장이 끝나고 보니 땀이 바이올린 위에 세 줄기로 흘러내려 있었다. 너무나 격정적인 연주였다. 연주를 들으며 나는 들판을 달리고, 해변을 걷고, 태풍 한가운데 서 있었다. 멋진 여행이었다. 공연이 끝나고도 윤석우 님의 첼로 연주가 계속 마음에 남아 그의 팬이 되기로 했다. 윤석우 님이 운영하는 유튜브 채널 '첼로가든'의 구독자가 되었다.

어떤 일이든 잠시 회의감이 밀려올 때가 있다. 나이 들어 악기를 배우는 일은 아마도 더 그럴 것이다. 자주 들르는 인터넷 카페에서 '바린이, 첼린이, 비린이'와 같은 악기 초보를 일컫는 말들을 접하고 웃었는데(요즘은 어린이를 존중하기 위해 사용하지 않기를 권한다), '바태기'라는 말까지 있어 안타까웠다. '바이올린 권태기'를 이르는 말이다. 그 시기를 슬기롭게 넘기지 못하면 바로 악기를 그만두거나 한동안 케이스도 열어보지 않고 방치하게 되고, 심한 경우 악기를 팔아치우기도 한다.

슬럼프는 주로 '해도 안 된다'는 생각이 들 때 찾아온다. 열심히 연습하고 선 무대에서 창피를 당했을 때와 같은 거대한 이유도 있겠지만 '어제 되던 것이 오늘 안 될 때, 아무리 해도 특정 부분이 절대 안 될 때'와 같이 일상에서 수시로 찾아오기도 한다. 그럴 때마다 좌절을 경험하고, 이것이 반복되면 포기하는 것이다. 재능이라곤 없으며 모든 것이 시간 낭비인 것처럼 느껴지기도 한다. 그동안 해왔던 모든 수고에 대한 후회가 밀려오면서 애정을 느꼈던 만큼 미움도 커진다. 때로는 주변 사람들로 인해서도 슬럼프가 온다. 열심히 하느라고 했는데 연주에 대해 나쁜 평을 받거나, 그 나이에 무슨 고생이냐는 말을 들을 때 갑자기 후회가 밀려오기도 한다. 나 역시 봉사연주 단체에서 공연 준비를 하다가 한 멤버로부터 자존심 상하는 말을 들었다. 그런 상황에서 좌절감을 느끼면 내가 누군가를 만족시키기 위해 음악을 시작한 것이 아니라 스스로의 행복을 위해 시작했다는 사실을 잊어버리고 만다. 다시 일어날 용기를 잃지 않기 위해서는 나의 목표가 '완벽하게 잘하는 것'이 아닌 '어제보다 나은 내가 되는 것'이었다는 것을 항상 되새길 수 있어야 한다.

지금은 틀리면 틀리는 대로 넉살 좋게 넘어갈 수 있다.

(예전에는 틀릴까 봐 엄청 연습을 했었다.) 남들의 날카로운 평가에 '그래? 너는 얼마나 잘하는데?' 하며 마음에 강철 벽을 칠 수도 있다. 실력이 조금 늘었거나 낯이 두꺼워진 결과이다. 어쨌든 매일 꾸준히 한다면 후퇴는 안 하겠지, 하는 생각으로 편안히 연습한다. 내가 뭐, 입시생이나 콩쿠르 앞둔 전문 연주자는 아니니까 남들이 함부로 매기는 점수에 연연할 필요는 없다.

때로 혼자보다는 다른 사람과 함께 연주하는 경험이 오히려 슬럼프를 극복할 수 있게 해준다. 혼자 아무리 레슨을 받고, 연습을 많이 해도 연주를 들려줄 누군가가 없다면, 합을 맞춰 함께 연주할 사람들이 없다면 그 열정은 언젠가는 사그러들게 된다. 내가 늦은 나이에 굳이 학교에 다닌 이유도, 편히 쉬어야 할 주말에 먼 길을 달려 오케스트라와 앙상블 연습에 참여한 것도 모두 그 때문이다. 다른 사람들의 비판에 맞서 그들에게 보다 발전된 모습을 보여주기 위해 노력할 장이 마련된 곳이기 때문이다. 코로나 때는 각자의 연주 영상을 편집해 하나의 앙상블 연주를 만드는 것이 유행하기도 했다. 녹음이나 녹화는 스스로 피드백하기에 정말 좋은 도구라는 걸 코로나 시기를 거치며 알았다.

온오프라인 동호회도 좋은 동기부여가 된다. 인터넷 카

페에는 악기를 처음 시작하는 사람들부터 전공자까지 다양한 회원이 있고 그들이 들려주는 이야기를 통해 이런 고민을 하는 이가 나 혼자만이 아니구나, 하는 걸 깨닫게 된다. 때로는 남들의 비법이나 좋은 도구를 알게 되어 자신에게 적용해보면서 슬럼프를 잊을 수 있다. 오프라인 모임에서는 악기와 음악 이야기를 나눌 수 있어 좋다. 나와 같은 고민이나 취향을 가진 이가 또 있음을 알게 되면 동지의식이 느껴지고 서로에게 힘을 줄 수 있다.

그동안 많은 연주단체에서 활동했다. 초보일 때 입단한 현악합주단이라는 챔버를 시작으로 꽤 큰 규모였던 필레오 오케스트라, 병원과 아동 보호소에 봉사연주를 다녔던 아랑 앙상블, 대학원 챔버인 테힐라, 지금은 인뮤직 앙상블과 경기 북부 선생님들 단체인 에듀 오케스트라까지 크고 작은 단체들에 속했다. 인뮤직에서 취미로 바이올린을 하시는 아주 열정적인 분들을 만났다. 어릴 때 배웠다가 성인이 되어 다시 시작한 약사님, 유튜브로 배웠는데 비브라토를 환상적으로 하는 회사원, 피아노를 전공하고 바이올린을 배우기 시작한 카페 드 바로크 사장님, 그리고 인뮤직을 만들어 전공자들의 먹고사는 문제를 해결하고 수많은 아마추어 연주자들에게 희망과 용기를 주시는 윤여정 대표님. 이분들을 만나면 식어가던 열정도 되살아난다. 전공자들과 함께 박물관과 거리거리에서 연주하던 일들은 잊을 수 없는 소중한 추억이다.

아무리 연주가 좋아도 몸이 아프면 어쩔 수 없이 쉬어야 한다. 몸에 이상 신호가 올 때 무리하지 않고 쉬며 충전하는 시간을 갖는 것도 중요하다. 바이올리니스트 정경화 씨는 손가락 부상으로 5년 동안 바이올린을 쉰 적이 있다. 쉬는 동안에도 머릿속으로 계속 바흐를 연주했다고 한다. 독일에서 태어나 세 살에 바이올린을 시작하여 네 살에 독일 만하임 국립음대 예비학교에 입학하고 다섯 살에 함부르크 심포니와 협연했다는 클라라 주미 강은 열두 살 때 농구를 하다가 왼쪽 새끼손가락이 부러졌다. 대여받았던 고가의 악기를 반납하고 협연도 무산되어 다시는 연주를 못 할 거라고 했지만 3년 만에 회복하고 지금은 휘어진 새끼손가락을 자랑스러워하며 감동적인 연주로 세계를 누빈다.

악기를 배운다는 것, 연주를 계속해 나간다는 것은 끈기가 필요한 일이다. 유명 연주자일지라도 슬럼프를 경험하지 않는 사람은 없다. 슬럼프가 예고도 없이 방문할 때마다 음악이 내 영혼을 울린 그 순간의 전율을 생각한다. 목표를 멀리 두고 조금씩 나아가기만 하면 된다고 나를 다독인다.

좋은 악기는 어떻게 골라요?

내가 그린 바이올린

어느 것이나 마찬가지이겠지만 바이올린도 재료가 중요합니다. 유럽산 나무로 만들어진 새 악기는 올드 악기(주로 100년 넘은 관리 잘 된 악기)에 버금가는 음색을 내기도 합니다. 한동안은 올드 악기가 인기 있었지만 지금은 이태리 공방 악기나 우리나라 제작자들의 악기도 각광 받습니다. 올드 악기는 새 악기에서 낼 수 없는 중후한 음색이 있지만 관리가 어렵고 가격이 지나치게 비싸다는 단점이 있습니다.

초보자일 때부터 악기를 참 많이 보러 다녔습니다. 지금 생각하면 어떤 소리가 좋은 소리인지 모르고 무턱대고 샀다가 여러 번 바꿨습니다. 초보자는 전문가와 동행하는 것이 좋습니다. 악기를 직접 연주할 때랑 떨어져 듣는 것이 다를 때가 많습니다. 귀에서 쩌렁쩌렁 울리는 악기보다는 멀리까지 소리가 고르게 잘 퍼지는 악기가 좋습니다. 칠 상태도 중요합니다. 넥 부분의 도장이 조잡하면 악기의 격이 떨어집니다. 네 줄이 모두 고르게 소리가 잘 나는지도 살펴야 합니다. 한 줄이라도 소리가 마음에 들지 않거나 다른 현과 소리의 균형이 맞지 않는 걸 고르면 안 되겠죠.. 잡기 편하고 운지가 수월한 악기여야 오래 연습하고 연주하기 좋습니다. 치명적인 크랙(금)이 있지는 않는지도 잘 살핍니다.

무엇보다 중요한 건 음색인데 제 경우 취향이 계속 바뀌는 게 문제입니다. 예전에는 부드러운 소리가 좋았는데 지금은 쨍한 소리가 마음에 듭니다. 악기 자체의 성량과 음색이 정해져 있긴 하지만 악기 세팅이나 연주 습관에 따라 조금씩 달라지기도 합니다. 실력 있는 공방을 찾아 정기적으로 점검받으면 악기의 상태를 최상으로 유지할 수 있습니다. 악기가 너무 뜨겁거나 차갑거나 건조해지지 않게 스스로 관리하는 방법도 배워야 합니다.

악기에 대해서는 만족이란 없나 봅니다. 지금 갖고 있는 바이올린과 활에 불만이 있습니다. 비싼 악기는 제값을 받고 되팔기도, 바꾸기도 쉽지 않습니다. 평생 사용할 악기는 실력이 어느 정도 갖춰지고 소리를 들을 줄 아는 능력이 생길 때까지 인내하며 기다렸다 구입할 필요가 있습니다. 물론 그것도 바이올린을 오래 다뤄봐야 갖게 되는 능력이지요.

09

음악으로의 초대

TV 드라마가 우리나라에 악기 배우기 붐을 일으킨 바 있다. 2008년 9월부터 수목드라마 18부작으로 방영된 〈베토벤 바이러스〉다. 이 드라마를 빼놓지 않고 가족과 둘러앉아 열심히 보았다. 바이올린을 전공했지만 시청 공무원이 된 두루미와 시향 수석 지휘자로 초빙된 강건우 마에스트로가 주인공이다. 이들과 함께 오합지졸 단원들로 이루어진 오케스트라가 버무려내는 에피소드가 유쾌하게 펼쳐진다. 드라마 전반에 흐르는 클래식 음악을 듣고 실제 음악가들이 투입된 오케스트라 연주를 보기만 해도 행복했다. 드라마에서 두루미가 연주하던 베토벤 바이올린 소나타 5번 '봄Spring'을 한동안 연습하기도 했다. 이후 이 드라마에 영향을 준 〈노다메 칸타빌레〉도 보고 바이올린이라는 악기를 다룬 영화들도 챙겨보았다. 〈마지막 4중주〉(2012, 야론 질버맨)라는 영화가 참 감동적이었다. 오랫동안 4중주 활동을 해 온 콰르텟 멤버 중 제1 바이올린과 제2 바이올린 연주자의 오묘한 감정 대립을 잘 표현했는데 실제 연주자들이 아니어서 그런지 싱크로율이 떨어진다. 그런 면에서 최고를 자랑하는 것은 〈파가니니: 악마의 바이올리니스트〉(2013, 버나드 로즈)다. 실제 바이올리니스트 데이비드 가렛David Garrett이 주인공 파가니니로 등장하여 최고의 싱크로율을 자랑한다. 파가니니는 현재 바이올린으로 구사할 수 있는 대부분의 기교를 탄생시켰다고 해도 과언이 아닐 정도로 바이올린 계에 엄청난 영향을 미쳤다. 누가 듣지 못하게 약음기를 끼고 했다는 비밀 연습 이야기도 재미있다. 당대에는 전통에서 벗어난다는 이유로 혹평을 받기도 했지만 그는 자신의 천재성을 알아준 우르바니와 함께 명성을 쌓아나간다. 전문 배우가 아니라 연기가 어색한 부분도 있지만 연주 장면만큼은 그 옛날 파가니니가 살아 돌아온 듯 콘서트를 방불케 한다.

가난하지만 천재 기질을 가진 아들의 바이올린 교육을 위해 북경에 머물며 온갖 뒷바라지를 하는 아버지가 등장하는 〈투게더〉(2003년 첸 카이거)라는 영화도 재밌게 봤다.

어머니의 얼굴을 모르는 아들은 한 여성에게 애정을 느끼기도 하고, 삶의 의욕을 잃었던 레슨 선생님에게 좋은 영향을 주기도 한다. 현실과 이상의 괴리 사이에서 고민하는 부자의 갈등은 진실을 알게 된 아들의 차이코프스키 바이올린 협주곡 연주로 녹아내린다.

파가니니나 영화 〈투게더〉의 주인공처럼 나도 어렸을 때 악기를 시작했으면 어땠을까 생각해보곤 한다. 스물아홉에 바이올린을 처음 잡은 나는 마음은 굴뚝이로되 몸이 안 따르는 경우가 많기 때문이다.

그러면 과연 내가 어렸을 때 바이올린을 배우기 시작했다면 지금까지 계속 재미있게 하고 있을까? 그건 아닐지도 모른다. 어렸을 때 바이올린을 시작해 전공한 사람들 중에 다른 직업을 가진 경우가 많고 심한 경우 악기를 처분하고 더이상 손도 대지 않는 사람도 있다. 내가 아는 한 플루티스트는 함께 졸업한 수십 명의 동기들 중 지금까지 플루트를 업으로 삼고 있는 이가 둘밖에 없다고 했다. 그런가 하면 뒤늦게 배운 색소폰에 폭 빠져 배우기 시작한 지 2년 만에 유튜버가 된 경우도 있다. 바로 나의 아버지다. 초등교사였던 아버지가 가끔 피아노를 뚱땅거리며 오선지에 동요를 작곡

하시는 걸 본 적이 있긴 하지만 악기라고는 리코더밖에 할 줄 모르시던 분이 70이 넘은 나이에 색소폰을 구입해 매일같이 연습하며 유튜버가 되었다. 그 과정을 지켜본 나로서는 악기 배우기에 특별한 나이가 따로 없다는 생각을 하게 되었다. 아버지는 손주에게서 스마트폰 영상 편집 기술을 배워 날로 세련된 영상을 만들어 올리신다. 아버지 채널의 구독자인 나의 스마트폰에서는 가사까지 붙은 나훈아의 신곡 〈테스 형〉이 울려 퍼지고 있다.

사실 아버지는 지금 내 나이보다 조금 많았을 때 색소폰을 배울 기회가 있었다. 사촌오빠가 자신이 운영하던 가게에 장식되어 있던 색소폰을 아버지에게 선물한 것이다. 악기를 받아 든 아버지는 색소폰 학원에 찾아갔다가 절망적인 이야기를 들었다. 원장이 이렇게 저렇게 들춰 보더니 "이건 악기라기보다 장식품이네요. 소리가 잘 나지 않을 겁니다." 하고 말한 것이다. 아버지는 학원비만 내고 그냥 나오셨다. 창피한 마음에 악기를 버리고 더이상 찾지 않으셨다고 한다. 만약 그때 색소폰을 새로 장만해서 시작하셨다면 지금은 더 잘하셨을까? 오히려 늦게 시작했기에 더 열정적이고, 꾸준하신 건지도 모른다.

중년의 나이에 악기를 접하게 되면 어릴 때 배우는 것보다는 손가락이 느리게 움직이고, 잘 벌어지지 않아 연주 기술을 터득하기 위해 오랜 시간이 걸리고도 미묘한 음색의 맛을 내지 못할 수도 있지만 좋은 점도 많이 있다.

첫째, 좋은 악기를 구입할 수 있다. 악기마다 천차만별이겠지만 쓸 만한 악기들은 비싸기 마련이다. 중년이라면 취미를 위해 악기를 구입하는 데 젊을 때보다는 좀더 투자할 수 있을 것이다. 사회 초년생이나 신혼, 혹은 어린아이들을 키우는 사람이 고가의 악기를 구매하기란 쉽지 않다.

둘째, 학생이나 젊은이에 비해 시간이 상대적으로 많다. 자녀가 어느 정도 자라기 전에는 자기만을 위한 짬을 내기가 쉽지 않다. 내가 즐겨 찾는 네이버 바이올린 카페 '바친기(바이올린과 친구 되기)'에는 아이와 함께 연습을 하거나 아이들이 잠자는 틈을 이용하는 열정적인 분들도 있지만 경험상 아이 키우느라 바쁠 때는 취미생활을 겸하기 어렵다. 아이들이 하나둘 독립한 후 빈 둥지 시대가 오면 외로움을 느낀다고 하는데 악기를 배우고 연습하는 이는 외로울 틈이 없을 것이다.

셋째, 무언가를 배우고 익히는 부모를 본 자녀는 부모를 존경하고, 본받고자 한다. 몇 년 전 딸과 카페에 갔다가 딸의 영어 작문 과제를 본 적이 있다. 엄마는 교사인데 바이올린을 연주한다는 내용이었다. 주말에 아이들을 집에 두고 혼자 바이올린 배우러 다닌 게 미안했던 터라 엄마에 대한 자랑스러움이 담긴 그 글을 읽고 눈물 나게 고마웠다. 엄마가 무언가에 열중하는 것이 아이들에게 좋은 영향을 줄 수 있음을 알았다.

마지막으로, 악기는 든든한 노후 대책이 될 수 있다. 은퇴가 빨라진 요즘, 젊은 노인이 많다. 그 많은 시간을 무료하게 TV 앞에서 보내기에는 세월이 너무 아깝다. 다양한 취미 생활을 시도해볼 수 있는데 그중 하나가 악기 연주인 경우 좋은 점이 또 있다. 손가락을 계속 움직이고 머리를 써야 하는 악기 연습은 치매 예방에 좋다. 영화와 공연, 책과 드라마 등 음악을 다른 무궁무진한 콘텐츠의 세계가 팔을 벌려 초대한다. 배우고 즐길 게 무한해진다. 악기 동호회에 가입해 활동하면 사회적 관계도 지속할 수 있다. 내가 활동한 아마추어 오케스트라에도 70대 여성 분이 있었는데 얼마나 열정적이신지 향상음악회 때마다 바이올린 독주로 기량을 뽐냈다. 악기 배우기에 늦은 나이는 없다. 건강을 해칠 정도로 무리해 병을 얻는 것만 피한다면.

* 아버지의 유튜브 채널: Soodong Kim

음악학교에 입학해도 될까요?

늦은 나이지만 악기로 대학교나 대학원에 진학할 꿈을 가진 분들이 계시다면 걱정을 내려놓고 도전해보기를 권합니다. 대학교에 따라 미래교육원에서 음악 전공과정을 운영하기도 합니다. 요즘은 실용음악이 대세이기는 하지만 아직도 관현악과가 있는 곳이 있습니다. 제가 다니고 있는 명지대학교 미래교육원이나 숭실대학교 글로벌미래교육원 음악학사 학위과정, 상명대학교 미래교육원 학점은행제 음악학 전공, 서울신학대학교 평생교육원 4년제 학사학위 과정 클래식 콘서바토리, 세종대학교 미래교육원에서 피아노나 관현악, 그리고 성악을 공부할 수 있습니다.

내가 그린 무대 위의 내 모습

명지대학교의 경우 학점은행으로 학위를 받을 수 있는 과정과 일반과정으로 나뉘어 있습니다. 백석대학원 관현악 전공은 토요일에 수업이 있어 직장인들이 다니기에 좋았는데 지금도 문화대학원이라는 이름으로 관현악 석사학위과정이 있습니다. 대학이나 대학원을 고르실 때는 담당 교수님의 약력이나 연주 영상 등을 통해 먼저 알아보는 것을 권합니다. 실력이 좋은 분께 알차게 배우는 것이 시간 절약 면에서나 본인의 실력 향상, 그리고 앞으로의 진로 면에서 유리할 테니까요.

10

콤플렉스와 열정 사이

어린이 티를 못 벗은 중학생 김지혜는 콤플렉스투성이다. 낮은 코에, 대문짝만 한 앞니, 비 오는 날이면 부풀어 오르는 머리까지. 선생님들이 그런 우리를 보고 왜 예쁘다고 했는지 이제야 그 의미를 알 것 같다. 우리 반 아이들이 어떤 모습을 하고 있어도 다 예뻐 보이니 말이다. 하지만 아이들은 저마다의 콤플렉스를 가지고 매일 거울을 바라보겠지. 자신이 얼마나 사랑스러운지 모르는 채.

중학교 때 친구들이랑 이름 중에 시옷이 들어 있으면 공부를 못하고, 지읒이 들어 있으면 공부를 잘한다는 근거 없는 말들을 하며 놀았다. 누가 먼저 시작했는지 모르지만 나는 주변 인물들 이름을 떠올리며 그때는 정말 맞는 말인가,

했다. 그런 말들을 나눈 이유가 혹시 공부를 잘하고 싶은데 못하는 원인으로 이상한 이름을 지어준 부모를 탓하기 위함이 아니었을까?

간혹 콤플렉스는 친구 괴롭힘으로 나타나기도 한다. 몇 년 전 학급에 전무후무한 폭력적인 아이가 한 명 있었다. 키가 작고, 왜소했고, 머리가 좋았다. 운동을 잘하고 싶은데 몸이 따라주지 않아 그 아이가 속한 팀이 지는 경우가 종종 있었고 그 때마다 과하게 화를 냈다. 한번은 체육 시간에 플라잉디스크 던지기를 하고 있었는데 무엇이 마음에 안 들었는지 주변 디스크를 다 모아 와서 자신보다 약하다고 생각되는 아이를 향해 마구 던졌다. 그 광경을 보는 순간 피가 거꾸로 솟는 듯했다. 소리를 지르며 달려가 왜 그러느냐고 따져 물었다. 특별한 이유도 없었다는 말에 더 화가 났다. 아무리 그런 상황이어도 그 아이에게 그런 모습을 보이면 안 되었는데 지금 생각해도 얼굴이 화끈거린다.

나중에 알고 보니 1학년 때부터 아이들 괴롭히는 걸로 유명한 친구였다. 가정 사정이 조금 복잡했고 누구보다 정이 고픈 아이였는데 그런 친구를 품지 못하고 잘난 정의감에 약한 아이 편든다는 핑계로 그 친구의 마음을 너무 몰라주었던 건 아닌지. 얼마 전 이 친구가 다른 친구들과 함께 나를 찾아왔다. 너무 멋지게 자라 있어 놀랐다. 그 아이에게 선생님이 더 품었어야 했는데 그러지 못해 정말 미안했다고, 그렇게 하고 싶었던 사과를 드디어 했다. 함께 와 옆에서 듣던 조용한 여학생들이 한 목소리로 "선생님, 이 친구는 그때 혼날 만했어요."라고 말했다. 우리는 다 같이 웃었다. 마음 한편으로 따스함이 솟구쳤다. 나중에 알고 보니 이 친구가 가장 먼저 선생님 찾아뵙자고 했다고 한다. 가슴 뭉클했던 시간.

사실 아이들을 나름 잘 이끌고 있다고 자만했던 나의 이전 20년 교사 생활이 그 아이로 인해 완전히 달라졌다. 겸손을 배웠고, 그 후로는 부족하나마 학급 아이들에게 존중어를 사용하며 아이들의 마음을 더 이해하려고 노력하고 있다.

콤플렉스는 때로 도전의식을 불러일으킨다. 학급에 야무진 아이가 하나 있었다. 무엇이든 열심히 하는 아이다. 코로나 시대여서 리코더 연주를 교실에서 할 수가 없어 반 아이들에게 가락악기를 하나 연주하게 해보려고 '퍼펙트 피아노'라는 앱을 이용해 손가락으로 건반을 치는 연습을 했다. 학교 태블릿에 앱을 깔아 두고 사용했다. 피아노를 배운 적이 없는 그 야무진 친구는 처음에 "선생님 너무 어려워요."
라고 하더니 음악책에 계이름을 적고 수시로 연습하기 시
작했다. 스마트폰에 앱을 깔고 집에서도 연습했다고 한다.
결과는 어땠을까? 한 명씩 나와서 연주하는 날 정말 그야말
로 완벽한 연주를 해서 친구들의 박수세례를 받았다. 남보
다 못한다는 것이 콤플렉스일 수 있지만 그것을 승화시키
면 엄청난 발전을 할 수 있다는 걸 그 아이를 보며 다시 한
번 느꼈다. 이 친구는 심지어 학급 태권도 사범이 되었다.
도장에 이틀 다녔다고 했던가?

　매년 도장에 다니는 아이들을 사범으로 뽑고 배우지 않
은 아이들을 모둠원으로 붙여 가르치게 한다. 사범은 되도
록 도장에 6개월 이상 다닌 아이들이 지원하도록 했다. 1,
2학년 때 다녔던 아이들은 다 잊어버렸다며 신청을 하지
않아 인원이 부족할까 걱정했는데 이 야무진 소녀가 영상
을 보고 맹연습을 하더니 사범이 되겠다고 나왔다. 심지어
쉬는 시간에 도장에 몇 년 다녔다는 친구를 가르치기까지
했다. 이틀밖에 안 다녔다는 콤플렉스가 열정으로 화학적
변화를 일으킨 것일까?

　바이올린을 들고 크고 작은 무대에 자신 있게 올라선 기
억이 몇 번이나 있었는지 모르겠다. 바이올린은 어쩌면 나

에게 매순간 콤플렉스를 느끼게 하는지도 모른다. 어릴 때부터 하지 않았다는 것, 연습할 시간이 부족하다는 것, 연주 경험이 많지 않다는 것, 악기가 좋지 않다는 것, 틀릴지도 모른다는 불안감 등 생각하면 끝이 없다. 하지만 그렇기에 더 도전하게 된다. 그럼에도 불구하고 극복해냈을 때의 성취감은 모든 염려를 덮는다.

어느 학년을 맡든 매 학기 한 번씩은 '우리끼리 작은 발표회'를 연다. 아무것도 아닌 그 작은 무대에서도 아이들은 떤다. 나도 안다. 타인들 앞에서 무언가를 보여줄 때는 집에서 혼자 연습할 때와는 차원이 다른 용기가 필요하다. 그게 얼마나 가슴 떨리는 일인지 잘 알기에 무조건 아이들을 격려한다. 아무리 실수를 해도 무대에 섰다는 것만으로도 박수를 보낸다. 무대에 오르기 전의 나와 발표 후의 내가 다른 사람이 되는 경험을 해 보았기 때문이다. 발표 후에는 전과 비교할 수 없는 자신감과 희열을 얻는다. 작은 무대에 많이 서 보는 것은 자존감을 키우는 방법 중 하나이다. 콤플렉스를 열정으로 승화시키는 나와 우리 반 아이들, 그리고 콤플렉스를 극복하고자 노력하는 모든 이에게 응원을!

2악장°

추억이 나의 길을
따라 자란다

Andante

11

할머니,
그때는 미안했어요

할머니가 항상 곁에 계신다는 느낌으로 살고 있다. 엄마의 어머니인 나의 할머니. 임종을 지키지 못했고, 입관할 때도 참여하지 않아서 그런지 할머니의 생전 모습만 생생하게 떠올라 아직 살아계신 것만 같다.

어렸을 때 할머니와 같은 방에서 지냈다. 남동생 둘이 한 방을 쓰고, 부모님이 또 한 방을 쓰시고, 남은 방을 할머니와 내가 사용했다. 내가 아주 어렸을 때부터 할머니 방에서 함께 잤다. 자다 깨서 울면 엄마가 와서 젖을 물리셨다고 한다. 갓난아이를 엄마에게서 떼어 데리고 주무시다니 할머니의 손녀 사랑이 각별했다. 한번은 혼자 방을 쓰고 싶어 잡동사니로 가득한 다락방을 치우고 그곳에서 며칠 지낸 적이 있는데 너무 덥고 밤마다 악몽을 꾸느라 무서워 다시 내려왔었다. 임용되기 전까지 내가 기억하는 대부분의 시절을 외할머니와 함께 보냈다.

할머니에 대한 최초의 기억은 다섯 살 즈음인가 어느 날 어디서 났는지 탈을 쓰고 친구들과 놀다가 목이 말라 집에 들어왔을 때 할머니가 웃으시면서 탈의 입 구멍 사이로 물을 먹여주시던 것이다. 먹을 게 없어 치약을 짜 맛보던 시절이다. 남해 삼동면에 살 때 태풍에 집이 물에 잠긴 적이 있었다. 세찬 비가 내릴 동안 온가족이 산 위쪽 건물에 피신을 가 있다가 비가 그친 후 내려와 보니 작은 앞마당 가득 물이 고여 있었다. 할머니는 그 자리에서 앉아 바가지로 그 많은 물을 계속 퍼 집 밖으로 던지셨다. 억척스럽고도 자상하셨던 우리 할머니.

어느 여름엔가 거실에 책상을 꺼내놓고 공부했던 적이 있다. 할머니는 한자를 많이 아서서 중학교 1학년 때 모르는 한자를 할머니께 여쮀보곤 했다. 여름날 거실 책상에서 할머니께 과외를 받은 셈이다. 그때만 해도 할머니는 든든한 나의 우군이었다. 어린 나이에 혼자 어머니를 고생해서 키우신, 나에게 싫은 소리 한 번 하지 않으셨던 사랑만 가득했던 할머니였는데 나는 그런 분을 미워했던 적이 있다. 나의 사춘기가 그리 험하지는 않았지만 내가 공부하는 뒷모습을 누워서 바라보고 계시는 할머니에게 자꾸만 반항하고 싶은 마음이 생겨났던 것이다. 끔찍이 아끼는 외손녀딸이 열심히 공부해서 훌륭한 사람이 되기를 기도하며 바라보신 것이었을 텐데 나는 그게 무척 싫었다. 할머니께 직접적으로 그러지 말라고 화내거나 대놓고 말하진 않았지만 아마 어머니를 통해 들으셨을 것이다. 얼마나 상처를 받으셨을까? 고등학교에 가면서 집에서는 잠만 자는 날이 많아져 그런 생각이 줄었고, 내가 아이들을 낳고 할머니가 돌아가신 후에는 너무나 죄송스러운 기억으로 남았다. 할머니가 부르시던 '왠 말인가 날 위하여' 찬송이 귓가에 맴돈다.

누구에게나 어떤 형태로든 찾아오는 게 사춘기인가 보다. 작년 우리 반에 정말 조용한 여학생이 있었다. 누구에게 싫은 소리 한 번 못하는 아이인데 어머니와 통화하다 보니 집에서는 신경질을 많이 부리는 모양이었다. 나의 어린 시절에 비추어 생각해보면 그 아이도 마음에 담아두기만 하고 차마 내뱉지 못하는 불만이 많지 않았을까 싶다. 그래도 그렇게나마 표현을 하는 아이들은 그나마 건강하다.

몇 년 전 학급에 엄마와의 사이가 극도로 안 좋은 한 여학생이 있었다. 학교에서는 너무나 조용해 무슨 생각 하며 사는지 잘 몰랐는데 아이가 어느 날부터인가 학교에 나오지 않거나 늦는 날이 많아졌다. 알고 보니 문을 걸어 잠그고 필요할 때 외에는 방에서 나오지 않는다는 것이다. 용돈이 필요하거나 원하는 물건이 있을 때만 친근하게 다가오는 딸에게 할 수 없이 원하는 대로 해주다 보니 점점 아이의 씀씀이가 커지게 되었다. 부모와 소통이 되지 않으니 처음에는 주변 친구들에게 고민을 털어놓다가 결국 온라인으로 자기보다 나이 많은 아이들과 연락하기 시작했다. 가출청소년 집단인 '가출팸'과 연결되어 집을 나갈 계획까지 세웠다고 한다. 영화에서나 있는 일이라 생각했는데…….

반 아이와 개인적으로 밖에서 만나는 일은 거의 없지만 그 친구는 밖에서 따로 몇 번 만났다. 아이가 좋아하는 마라탕을 사주면서 여러 이야기를 나누었는데 자세히 말하지는 않았지만 동생만 생각하고 자신의 마음을 몰라주는 엄마에 대한 원망이 마음 깊이 있다는 것을 알 수 있었다. 학교 상담교사에게 아이의 상담을 부탁드렸다. (담임교사가 모녀 사이의 문제를 중재하기란 쉬운 일이 아니다.)

몇 년 전 친한 선생님이 굉장히 힘든 한 해를 보내셨다. 2월에 허리를 다쳐 새 학기를 아이들과 함께 하지 못하다가 두 달 후에 나오셨는데 이미 그 반 아이들은 자기들만의 패거리 문화를 형성하고 있었다. 친구를 비방하고, 나쁜 말을 교사 앞에서 서슴지 않고 하는 아이들 때문에 무척 힘들어했다. 눈물겨운 노력으로 1학기가 끝날 무렵에는 옆 반 교사인 내가 보기에도 아이들 언행이 눈에 띄게 좋아졌다. 그 반 선생님을 가장 힘들게 한 것은 부모님들의 태도였다. 아이의 잘못을 이야기하려고 전화할 때면 선생님 탓으로 돌리니 아이의 행동이 개선되기가 어려웠다. 2학기까지 매일을 살얼음판 걷듯 지내시는 걸 옆에서 보면서 도울 방법이 없어 무기력증을 느꼈다. 선생님은 상담받고 싶다는 말을 자주 하셨다. 사춘기 아이들을 맡은 교사는 때로 상담이 필요하다.

사춘기는 누구에게든 어떤 형태로든 찾아오기 마련이다. 어떻게 하면 이 시기를 슬기롭게 극복하여 모두에게 좋은 시간으로 만들 수 있을까? 해답도 정답도 없다. 어른들이 옆에서 가만히 지켜보고 인내하면서 긁어 부스럼 만들지 않는 것으로 충분할지도 모른다. 언젠가는 스스로 후회하고 잘못을 돌이키기도 하니까. 외할머니께 상처 드린 것을 후회하며 보다 나은 어른으로 살아가려 노력하는 나처럼 말이다.

12

절망과 희망은 늘
같이 다닌다

나는 경상남도 진주시 선명여자중학교를 졸업했다. 면도
날을 씹는 7공주파가 있다고 소문이 나서 신입생들이 울면
서 들어갔다가 정이 많은 선생님들과 헤어지기 싫어 울면
서 졸업한다는 학교였다. 스쿨버스로 30분은 족히 가야 해
서 초등학교를 갓 졸업한 어린 내가 느끼기에 낯설고 힘든
등굣길이었다. 하지만 시간이 지날수록 먼 것 빼고는 너무
신나는 곳임을 알게 되었다. 7공주는 본 적도 없다. 학교 축
제를 준비하며 밤까지 남아 춤 연습을 하던 기억이 난다. 반
친구들 전체가 어깨동무를 하고 밤새 〈아리랑 목동〉을 부
르던 수련회도 잊을 수 없다.

중학 시절 친구들 중에 엉뚱한 아이들이 많았다. 자지

러지게 웃다가 교과서에 누런 코를 왕창 쏟아놓던 통통하고 눈이 초승달인 친구, 안경알 너머로 눈이 엄청나게 컸던 보조개 친구, 만화책을 지나치게 좋아했던 입이 작고 소심했던 친구, 도시락 반찬으로 치즈를 싸 와 밥에 덮어 먹으며 친구들의 부러움을 샀던 나와 이름이 같은 후덕한 친구⋯⋯. 다 기억나진 않지만 개성 있고 다정한 친구들 덕분에 재미있는 학교생활을 했다.

어느 날 수업을 마치고 친구들과 학교 옆 기찻길을 따라 걷고 있었다. 철길 위에 동전을 올려두면 납작하게 펴진다는 말이 있었다. 흉내 내다간 기차가 탈선할지도 모른다 했다. 누군가가 기찻길 옆을 지나가다가 기차 안에서 던진 돌에 맞았다는 소문도 있었다. 우리는 그 길을 따라 걸으며 재잘거리고 있었다.

갑자기 멀리서 기차 소리가 들리는 것 같았다. 굽어진 길이어서 아직 기차가 보이지는 않았다. 기차가 올 거라고는 생각지 못한 철부지들이었다. 우왕좌왕하고 있는데 길 끝에 기차가 보였다. 피할 곳을 찾아 둘러보니 기찻길 양편이 담으로 막혀 있었다. 우리는 그 높은 담을 뛰어넘었다. 제정신이 아니었다. 담을 넘고 메고 있던 가방으로 머리 위를 가리자마자 엄청난 굉음을 내며 기차가 지나갔다. 우리는 놀란 마음에 목이 터져라 '악, 악' 소리를 질렀다. 바짝 붙은 담을 뛰어넘지 못했다면 모두 어떻게 되었을까? 위급하면 초인적인 힘을 발휘한다는 걸 깨달은 날이다.

오래전 평택의 미군부대 근처 학교에서 6학년 담임을 한 적이 있다. 그 학교에 처음 부임했을 때 전입교사들을 교장실에 모아 놓고 '이런 곳에서의 교육이 진짜 교육'이라며 교장선생님이 아이들을 잘 부탁한다고 말씀하셨다. 아니나 다를까 가정형편이 어려운 아이들이 정말 많았다. 아이들의 사망 사고나 부모님의 사망 소식도 자주 들렸다. 비 오는 날 부모님은 일하러 가고 오누이가 잠을 자다가 누전으로 불이 나 함께 사망한 안타까운 사건이 있었다. 옆 반 한 아이는 친구 롤러블레이드를 빌려 타고 좁은 경사로를 내려가던 중 올라오는 차를 피하다가 전봇대에 부딪히고 바닥에 넘어졌다. 하필 도로 턱에 머리를 찧어 병원으로 옮겨졌으나 얼마 후 사망했다. 똑똑했던 아이의 유학 준비로 아버지가 미국에 가 계신 동안 일어난 일이라고 했다. 안전모를 썼다면 생명을 잃지 않았을 텐데 보호 장구를 착용하지 않은 게 문제였다.

당시 우리 반에도 뭔가 사고가 날 것 같은 조짐을 보이는 학생이 있었다. 머리를 깻잎 모양으로 붙이고 다니던, 모범생처럼 보이는 얌전한 학생이었는데 어느 날 학교에 나오지 않아 어머니께 연락을 드렸다. 얼마 전 이혼한 어머니가 밤에 일하는 탓에 우리 반 아이가 동생을 돌보다시피 한다고 했다. 어머니는 돈 버느라 바쁘고, 이제 초등학교 2학년인 동생은 아무 것도 모르고, 그 사이 우리 반 아이는 이성 친구에 눈을 떴다. 밤마다 친한 옆 반 아이와 중학생들이 연결된 모임에 가서 놀기 시작한 것이다. 처음에는 가끔이라도 학교에 왔다. 당시 신경질적인 여자 교감선생님이 지나가다 이 친구를 보고 "네가 그 아이냐? 어디서 겁도 없이 그러고 돌아다니냐?" 하며 아이에게 손찌검을 했다. 말릴 새도 없는 짧은 시간이었다. 아이의 눈에서 닭똥 같은 눈물이 바닥으로 후두둑 떨어졌다. 너무 미안해서 얼굴이 화끈거렸다.

그 일 후로 아이가 학교에 나오지 않았다. 옆 반 친구를 앞세워 아이의 집에 찾아가 보았다. 문이 잠겨 있지 않아 이름을 부르며 들어갔다. 반지하 원룸 손바닥만 한 천장 밑 쪽창으로 들어오는 어슴푸레한 오후의 햇살을 통해 널브러진 이불과 카레와 밥알이 눌어붙은 밥그릇과 숟가락들이 어지럽게 놓인 것을 볼 수 있었다. 이 집에서 동생을 챙기느라 나름 고군분투했을 아이를 생각하니 마음이 아렸다. 아이들의 아지트도 가보았다. 어느 집 옥상 작은 창고에 더러운 이불과 술병들이 있었다. 출석일수를 겨우 채워 졸업은 했지만 이후 제대로 학교에 다녔는지 모르겠다. 다음 해 서울의 한 경찰서로부터 학교로 전화가 왔다. 그 친구를 아는지, 연락이 가능한지 물었다. 오토바이를 훔친 혐의를 받고 있다고 했다. 부모의 심정을 생각하니 마음이 아팠다. 몇 년이 흐른 후 고등학생이 된 옆 반 친구를 주유소에서 우연히 만난 적이 있다. 아르바이트 중인 그 학생에게 예전 우리 반 깻잎머리 친구의 근황을 물었더니 안산의 한 다방에서 일한다고 했다. 그 예쁘고 똑똑했던 아이가.

최근에 근무한 학교들에서는 그런 안타까운 사연을 접하지 않았다. 하지만 요즘은 정신적인 어려움을 겪는 친구들이 많다. 학기 시작 전에 선생님들은 반을 편성하여 아이들을 나눈 다음 학급을 주로 제비뽑기로 정한다. 가장 떨리는 시간이다. 한 해의 운명이 결정되는 순간이다. 뽑은 다음 아이들의 이름이 적힌 종이를 열어 지난해 담임 선생님들이 기록해 둔 메모를 본다. 올해는 학습이 어려운 친구들이 많구나, 올해는 ADHD(주의력결핍 과잉행동장애) 친구가 있구나,

혹은 분노조절 장애 아이가 있구나, 한다. 선입견을 갖도록 왜 그런 걸 적어두느냐, 하는 분이 계실지 모르지만 아이가 가진 특성을 미리 파악하고 있으면 학기 초 학급운영 계획을 세울 때 큰 도움이 된다. 미리 조심하여 실수를 막을 수도 있다. 물론 전 해 담임교사의 말이 무색하게 무탈한 아이들도 있고, 아무 말 없었으나 꾸러기인 아이들도 많다.

학생 수는 줄고 있지만 상담이 필요한 아이들의 숫자는 눈에 띄게 늘고 있다. 같은 지역에서 10년 넘도록 있었기 때문에 그 변화를 잘 느낄 수 있다. 물론 전에 없던 병명이 새로이 생겨나기도 했을 것이다. 하지만 그럼에도 불구하고 체감 상 마음이 아픈 아이들이 많아진 게 사실이다. 맞벌이 가정이 늘었기 때문일 수도 있고, 스마트폰의 급속한 보급 때문일 수도 있다. 방과후 놀 시간이 없이 학원을 전전해야 하는 요즘 아이들의 운명 때문인지도 모르겠다. 아침 신문(한국일보 2023. 3. 18.)에 코로나를 겪은 아이들의 그림에 분노와 공포의 검은색과 빨간색이 많이 등장한다는 기사가 있었다. 여러 이유로 아픈 아이들이 많다.

아이들이 아프면 가정과 학교가 어려워진다. '죽고 싶다'는 메모를 적는 아이들이 있다. 어떤 아이는 옥상에서 떨어지는 그림을 그리기도 한다. 자해를 하는 아이들도 있다. 누군가를 칼로 죽이고 싶다는 말을 하기도 한다. 사실 미국에 비하면 우리나라는 아직 회복 가능성이 많은지도 모르겠다. 오래전에 만난 시카고 출신의 원어민 영어교(앞 장에서 언급한 레베카)의 말에 의하면 미국의 어느 학교는 출입구에서 총기 검사를 한다고 했다. 공립학교 교사가 부족해 퇴역 군인이나 대학생까지 고용한다는 말도 있다. 요즘 우리나라도 교사들의 직업 만족도가 낮아지고 있음은 물론 조기 퇴직자가 늘고 있다고 한다. 자질을 갖춘 교사가 부족한 시대가 오지 않기를 바란다.

큰 학교의 상담교사는 눈코 뜰 새 없이 바쁘다. 정기적으로 상담하는 아이들이 있고, 또래 상담 아이들 교육이나 쉬는 시간 혹은 점심시간을 이용한 아이들과의 교류 시간도 있다. 정기적으로 상담하는 아이들은 학년을 가리지 않고 있는데 저학년은 등교 거부나 친구의 괴롭힘 문제로, 고학년은 약해진 마음이나 성적, 혹은 친구 관계로 찾는 경우가 많다. 학교에 상담교사가 있는 경우는 그나마 다행이다. 아직 없는 학교도 많다.

아이에게 신체적 정신적 문제가 심각할 경우 담임교사와 부모는 벼랑 끝으로 몰린다. 특수 교사가 아이들을 위해 세심한 교육을 하고, 상담 교사가 상담을 열심히 해도 부모에게 아이는 여전히 힘든 과제이고 학급 인원이 많은 담임교사 역시 한 아이만 특별히 보살피기 어렵다. 정신적인 고통을 당하는 아이를 입원시킨 부모, 병원에 입원하기를 밥 먹듯 하는 장애 아이를 가진 부모는 몸도 마음도 힘겹다. 오래전 우리 반에 근육이 점점 마비되어 가는 병을 앓는 아이가 있었다. 아이의 어머니는 이혼 후 혼자 두 아들을 힘겹게 키우고 계셨다. 입원한 아이의 병문안을 갔다가 늘 씩씩하게만 보이던 어머니가 눈물을 왈칵 쏟으시는 걸 보았다. 아픈 둘째 돌보느라 방치한 첫째 아이에게 너무 미안하다는 것이었다. 내가 할 수 있는 게 없어 울음 섞인 하소연을 들어만 드렸다.

절망적인 사연만 있는 건 아니다. 이 또한 오래전 6학년 아이들을 가르칠 때 이야기다. 집에서 부모가 바쁜 틈을 타 오랫동안 컴퓨터 게임을 하며 수없이 욕을 하던 아이가 학급에서는 관심을 끌기 위해 가끔 창문에서 뛰어내리려고 했다. 새 학년 첫날 수업이 끝난 후 그 아이가 친구들이 자신을 괴롭힌다며 나를 찾아왔었다. "누구든 괴롭히면 꼭 선생님에게 이야기하세요." 하고 힘주어 말했다. 며칠 후 오후에 컴퓨터 작업을 하던 중 서늘한 기운이 느껴져 고개를 들었더니 그 친구가 창밖에서 미소를 지으며 나를 지긋이 쳐다보고 있었다. 그러지 말라고 했는데도 가끔 내 차를 닦아놓기도 했다. 학급 아이들과 산길 나들이를 갔을 때 절벽 아래로 떨어지겠다고 아우성친 적도 있다. 그때는 학교에 상담 교사도 없었다. 아이 어머니께 말씀드렸더니 다행히 협조적이셔서 전문가의 상담을 받으셨다. 이후 아이는 약을 먹으며 상태가 호전되었다. 몇 년 후 운전을 하고 가다가 멀리서 차 속에 앉은 나를 알아보고 인사하는 그 친구를 보았다. 교복을 입은 모습이 너무 멋지고 잘 성장해 있어 놀랍고 반가웠다. 얼마 후 이메일이 왔다. 초등학교 6학년 때 선생님을 힘들게 한 것 같아 미안하다고 했다. 그런 생각 절대로 하지 말라고 답했다. 너무 잘 자라주어 고맙다고도 했던 것 같다. 등에 '태권박사'라고 크게 씌어 있는 티셔츠를 즐겨 입던 미워할 수 없는 아이. 큰 덩치에도 한없이 귀여웠던 잊을 수 없는 아이. 지금쯤 아이들의 아빠가 되어 있겠지?

나의 철부지 시절이 그랬듯 아이들은 실수하고 아픔을 겪으며 자란다. 그때는 죽을 것처럼 힘들고 왜 나에게만 이런 시련이 닥치나 싶겠지만 시간이 지나고 보면 그로 인해 오히려 결과가 좋은 경우도 있고, 또 다른 좋은 일이 생기기도 한다. 깻잎머리 여학생도 인생이 슬프지 많은 않다는 것

을 깨닫고 희망찬 하루하루를 보내고 있기를 바란다. 누구
도 겪지 않은 자신만의 고통을 소설로 승화시키는 작가들
처럼.

13

첫사랑 얘기
해주세요

중고등학생 시절, 수업을 빼먹기 위해 우리는 선생님들께 첫사랑 이야기를 해달라고 조르곤 했다. 내게도 시시하고도 길었던 짝사랑 이야기가 있다.

초등학교 6학년 무렵부터 고등학교 3학년까지 한 남학생을 짝사랑했다. 교회 주일학교 친구였다. 여학생 대여섯명 무리와 남학생 무리가 함께 다녔었다. 학교는 같거나 달랐지만 매주 보는 친구들이라 굉장히 친하게 지냈다. 크리스마스 이브 날에는 한 친구의 집에서 '올나잇(All Night)'을 하며 밤을 새워 놀았다. 장로님 아들이라는 한 남학생의 집이었다. 밤잠이 많은 나는 초저녁에 놀다가 한쪽 구석에서 잠이 들었다. 다음날 아침 아이들과 집을 나서며 남자아이들의 우리 교회 여학생은 이렇고, 저렇고 하는 품평을 들은 기억이 난다. 그때부터인가, 한 남학생이 마음에 들어왔다. 키가 크고, 목이 길고, 작은 눈에 안경을 낀 똑똑하지만 말이 없는 아이였다.

워낙 남자아이들 앞에서 말을 잘 못하는 나였지만 내가 좋아했던 그 남학생과는 중고등학교 다니는 6년 여 동안 나눈 대화가 손에 꼽을 정도다. 좋아할수록 내색하지 못했던 어린 나. 그 친구가 나온다는 새벽 병원 찬양 봉사에 혹시나 만날까 하여 나가기도 했다. 층마다 멈춰 서서 노래를 부르고 다시 이동하는 형식이었다. 목사님이 동행하실 때는 병실을 돌며 몸도 마음도 힘든 환우들을 위해 함께 기도를 해 드리기도 했다. 뇌수술로 한쪽 머리가 움푹 파인 환자를 보며 마음 아파했던 기억이 난다.

입시를 앞 둔 고등학교 3학년 어느 날, 병원 봉사를 마치고 내려오다가 그 친구와 단둘이 승강기를 타게 되었다. 가슴이 마구 쿵쾅거렸다. 먼 곳에 진학을 하게 된다면 앞으로 만나기 어려울지 모른다는 생각에 어렵게 말을 꺼냈다.

"어느 학교 지원했어? 나는 진주교대 가려고."

"나는 성균관대학교 한문학과에 지원했어."

"멋지다. 꼭 합격하길 기도할게."

혼자 돌아오는 길에 많이 울었다. 친구가 서울에 간다는 것이 놀랍고 부러웠다. 앞으로 만나기 힘들겠다는 생각에 울었는지도 모른다. 대학에 간 후 그 친구를 거의 보지 못했고, 나의 머릿속에서도 서서히 지워져갔지만 도수 높은 안경에 호리호리하던 그 친구의 얼굴은 아직도 또렷이 생각난다. 왜 좋아했을까? 그때는 왠지 지적일 것 같은, 말이 별로 없는 신비로운 사람이 이상형이었나 보다.

오래 짝사랑한 친구를 마음 한구석에 쑤셔 넣고, 대학생이 되어 교회 대학부 한 오빠를 마음에 두기 시작했다. 갑자기 나타난 다크호스였다. 학교는 달랐지만 CCC(한국 대학생 선교회)라는 동아리 활동을 함께했다. 생각해 보니 그 오빠 역시 눈이 작고, 안경을 쓰고, 호리호리했다. 말을 느리게 또박또박 하는 걸 보니 진실하고 지적일 것 같았다. 교회 대학부 모임에서 오빠를 자주 만났다. 예배가 끝나면 가끔 자전거에 나를 태워 우리 집까지 데려다주었다. 오빠가 자취하던 방이 우리 집에서 무척 가까웠다.

어머니를 졸라 김치랑 반찬들을 오빠 집에 가져다준 적이 있다. 잠깐 함께 있었는데도 가슴이 뛰고, 기분이 묘했다. 어느 날엔가는 너무 귀엽다며 호주머니에 나를 넣고 다니고 싶다는 말도 했다. 그래서 오빠가 나를 좋아하는 줄 알았다. 하지만 얼마 후 내 친구 중 한 명과 사귀고 있다는 사실을 알게 되었다. 짝사랑 전문인 내가 오빠를 좋아한다는 걸 아무에게도 말하지 않은 게 얼마나 다행스러웠던지. 얼굴 들고 다니기 어려울 뻔했다. 그렇게 나의 두 번째 짝사랑도 끝이 났다.

그 옛날에 비하면 지금 아이들은 누구를 좋아하는지 고백하는 것이 한결 쉬워진 것 같다. 작년 우리 반에는 그 전해부터 사귀었다는 공식 커플과 다른 반 친구랑 좋은 관계를 유지하고 있는 아이가 있었다. 코로나 시기에 세운 책상 가림판에 두 이름을 쓰고 하트를 그려 놓기도 했다. 부모님도 서로 알고, 둘만 따로 만나지는 않으며, 건전하게 사귀는 예쁜 아이들이었다. 학기말에 헤어졌는데 이별 과정도 너무 귀엽고 안타까웠다. (남자 아이가 수업 중에 많이 울었다.)

어느 날 귀여운 남학생 하나가 고민이 있다며 나에게 다가오더니 귓속말을 했다.

"선생님 저는 B를 보면 막 가슴이 뛰어요."

고백하고 싶다는 것이다. 어떻게 조언을 할까 하다가 후회하더라도 한번 말해보라고 했다. 결과는 역시 예상했던 대로였다. 학급 친구로만 지내고 싶다는 말을 들었단다. 하지만 그 후에도 그 여자 친구를 보는 남자아이의 시선이 따뜻하기만 했다.

몇 년 전 학급 아이들이 남녀 따지지 않고 두루두루 정말 끈끈한 관계를 유지했는데 아이들이 가장 좋아했던 놀이 중 하나가 '당연하지'였다. 친구 이름을 부른다. '너, 나 좋아하지?' 하면 무조건 '당연하지'라고 말해야 한다. 아니면 벌칙을 받는다. 이성교제에 대한 말만 한 건 아니었는데 여러 재미있는 말들 끝에 꼭 이런 말이 나왔다. 너무 과해질까봐 마지막에는 내가 항상 말렸던 얄궂은 놀이이긴 하지만 아이들에게 잠깐이나마 이성에 대한 호기심을 충족시켜주었을 것이다.

요즘은 모솔(모태 솔로; 한 번도 이성 친구를 사귄 적 없는 사람)이라는 말이 놀리는 말로 사용된다. 초등학교 5, 6학년에나 사용될 것 같은 이 말을 어린아이들도 사용한다는 걸 알고 놀란 일이 있다. 작년엔가 버스를 기다리느라 정류장에 앉아 있는데 3학년쯤 되어 보이는 남자아이 두 명이 내 옆으로 와서 앉았다. 그 중 한 아이가 지금 여자 친구와 교제 중이라는 말을 했다.

"지금 여친 사귀잖아? 그럼 백퍼 헤어져."

옆에서 꼬마 친구가 진지한 얼굴로 귀담아 듣고 있었다.

"그래도 좋겠다."

"너는 모솔이야? 진짜 안됐다."

나의 마스크 안에서 웃음이 번지고 있었다.

몇 년 전 우리 학교에 유사성행위로 시작된 학교폭력 사건이 있어 그 후로는 매학기 초 성교육을 실시하고 있다. 성교육 강사님은 사춘기 때 이성친구와 깊이 사귀는 것보다는 동성 친구와 진한 우정을 나누는 것이 미래 꼭 필요한 시기에 연애도 잘할뿐더러 아름다운 가정을 꾸릴 수 있다는 것을 역설했다.

그 말을 혹시 아이들이 잔소리로 생각하는 건 아닌가 싶었는데, 학급 아이들을 대상으로 설문조사를 해 보니 아이들 역시 이 말에 대부분 동의하고 있었다. 이성 친구와 특별한 감정이 아닌 동지의식으로 서로 많이 대화하고 교류하는 것은 바람직하나 동성 친구와 우정을 쌓는 것이 이성 친구와 특별한 사이가 되는 것보다 중요하다는 것이 대다수 아이들의 의견이었다. 생각해보면 오래전 과거에는 사춘기 시절에 시집장가를 가고 아이를 낳기도 했다. 그때는 아이가 아이를 키웠구나.

요즘 자녀를 낳아 키우는 미성년자가 나오는 TV프로그램이 있다고 들었다. 본 적은 없지만 아이들에게 좋지 않은 영향을 미치지 않을까 걱정이 된다. 방송 출연으로 생활에 도움을 받을 수는 있었는지 모르겠다. 나중에 후회하지 않을까 싶은 건 나만의 기우일까? 한편으로는 아이들이 어떤 상황에 놓이든 숨거나 도망가지 않고 떳떳하게 도움을 구하며 살아갈 수 있는 세상이라는 생각을 하니 다행이고 안심이 되기도 한다. 하지만 무엇이든 준비가 되었을 때 맞이하는 것이 아름다운 것 같다.

14

나의 놀이 편력기

　'아이들은 놀면서 자란다'라는 말이 무색하게 요즘 아이들은 학원에 다니거나 컴퓨터 게임을 하느라 몸으로 놀 기회가 예전에 비해 적다. 왕년에 재미있는 놀이 안 해본 사람 없겠지만 하루에 버스가 두어 번 다니던 남해군 삼동면 동천리 시골 깡촌에서 어린 시절을 보낸 나에겐 널린 게 놀잇감이었다. 가장 즐겨 했던 것은 공기놀이다. 친구들과 공기놀이를 하려면 비슷한 크기의 돌멩이를 먼저 주워야 했다. 요즘 같은 플라스틱 공기는 구경하기 어려웠을 뿐더러 지천으로 널린 꼬마 자갈돌을 모으기만 하면 되니 대체품이 필요 없기도 했다. 치맛자락에 주워 담은 엄지손톱만 한 돌멩이들을 바닥에 뿌려놓고 따먹기 놀이를 참 많이도 했다.

　흙을 하도 가지고 놀아 손등에는 물 사마귀가 수십 개씩
나 있었고 겨울이면 손등이 쩍쩍 갈라져 피가 나기도 했다.
손 씻고 로션을 바르는 그런 일과는 없었던 것이다.

　"손이 저래가지고 시집이나 가겠나?"

　몰랐는데 아버지께서 어머니께 이런 말씀을 하곤 했다고
후에 들었다. 그때는 밖에서 아이들과 노는 게 마냥 좋았다.
학교가 파한 후 해가 지기까지 아이들과 별의별 놀이를 다
하면서 놀았다. 온 동네 구석구석 숨는 숨바꼭질을 하며 스

릴을 즐겼고, 진놀이도 했다. '진놀이'는 우리 동네에서만 했나 싶었는데 '한국민속대백과사전'에 찾아보니 이 놀이는 조선 중기에 성행하던 것으로 일제 강점기까지 이어졌다고 한다. 이 놀이를 변형해서 우리 반 아이들과 한번 해보고 싶다.

여름이면 근처 냇고랑('냇가'의 방언)에 매일 수영을 하러 갔다. 바닥이 큰 돌과 바위로 되어 있었고, 얕은 곳도 있지만 벼랑 근처에는 내 키를 넘는 깊은 곳도 있었다. 처음에는 '땅 짚고 헤엄치기'로 시작했는데 익숙해지자 조금 깊은 곳에서 개헤엄을 쳤다. 나중에는 친구들이 하는 걸 보고 개구리헤엄을 배웠다. 그야말로 생존 수영이다. 지금까지 수영장에서 제대로 된 수영 강습을 받은 적이 단 한 번도 없지만 물이 그리 무섭지는 않다.

가끔 벼랑에 올라가 깊은 곳으로 다이빙도 했었는데 오랜만에 냇가에 놀러 오신 아버지에게 자랑하고 싶어 높은 곳에서 뛰어내렸다가 죽을 뻔했다. 깊은 곳에서 올라오질 못해 물을 배불리 먹으며 허우적거리고 있을 때 절벽 위로 올라가려던 동네 언니가 나를 붙잡아 꺼내주었다. 그 때 아버지 쪽을 바라보니 물에 빠진 줄 모르고 다이빙 후 나온 줄로만 아신 아버지께서 나를 향해 환하게 웃고 계셨다. 죽을 뻔한 건 비밀이다. 그 시절에 찍은 사진에는 눈과 이빨만 하얀 아프리카 소녀가 웃고 있다.

남동생만 둘이 있는 나는 동생들과 구슬치기도 많이 했다. 땅바닥에 홈을 파고 구슬을 구멍에 넣는 놀이였다. 동생들은 항상 주머니 가득 구슬을 넣고 다니며 서로 따먹곤 했다. 나는 구슬치기에 소질도, 구슬 따기에 집착도 없었지만, 투명한 구 안에 들어있는 형형색색의 띠들을 햇빛에 비춰 보며 감탄하곤 했다. 동생들과 '스카이 콩콩'이라는 외발 스프링 콩콩도 탔다. 어느 날 부모님이 사 오신 콩콩이는 시골에서 보기 어려운 놀이기구였다. 넘어져가며 점프를 했는데 지금 생각하면 조금 위험한 놀이였던 것 같다.

아주 어렸을 때는 종이인형을 가지고 놀았다. 두꺼운 종이에 속옷만 입은 예쁜 여자아이와 알록달록한 옷들이 그려져 있었고, 테두리에 칼집이 나 있어 손으로 뜯어 옷 입히기를 했다. 옷 위에 솟은 흰색 걸개를 접으면 인형에 고정이 되었다. 그 인형들을 손에 들고 친구들과 나들이 가는 시늉을 했다. 옷이 부족할 때는 직접 그려서 입히기도 했다. 와이셔츠 상자에 인형과 옷가지를 잔뜩 넣어 들고 다니던 생각이 난다.

초등학교 저학년 때는 부모님이 어딘가에서 가져오신 마

루 인형이 하나 있었다. 무릎이 구부러지는 당시로서는 신기한 물건이었다. 손수건이나 자투리 천으로 옷을 만들어주곤 했는데 어느 날 쥐가 쏠았는지 한쪽 발가락 부분이 사라졌다. 중학교 때까지 그 인형의 옷을 뜨고 만들며 가지고 놀았다. 손뜨개로 핑크색 투피스도 만들어주었었다.

경상남도 진주시로 이사한 후에는 고무줄놀이를 많이 했다. 중학교 1학년 때 쉬는 시간에 친구들과 복도에서 고무줄놀이를 하다가 선생님께 걸려 복도에서 한쪽 다리를 높이 들고 서 있기도 했다. 6학년 마치고 겨울 방학 동안 심심해서 뜨끈한 방바닥에 배를 깔고 엎드려 반편성 배치고사 문제집 세 권을 푼 덕분에 배치고사에서 전교 3등을 하는 내 생애 전무후무한 일로 1학년 때 내 인생 처음이자 마지막으로 학급 회장이 되었었는데 회장 체면이 말이 아니었다. 지금 다시 한다고 해도 재미있을 것 같은 고무줄놀이.

고무줄놀이가 재미있었던 또 하나의 이유는 노래와 함께 하는 놀이라서다. '금강산 찾아가자 일만 이천 봉 볼수록 아름답고 신기하구나. 철따라 고운 옷 갈아입는 산 이름도 아름다워 금강이라네, 금강이라네.' 지금도 가사 한 자 잊지 않은 이유는 수백 수천 번을 불렀기 때문이다. 고무줄을 밟고 건너는 순간순간에 딱 맞아 떨어지는 네 박자의 노래들은 폴짝이는 발바닥만큼이나 나의 가슴을 펄떡이게 했다. 〈전우야 잘 자라〉나 〈최영장군〉처럼 비장한 노래들과 〈장난감 기차〉 〈퐁당퐁당〉 〈이슬비〉 같은 동요도 불렀다. 유튜브에 고무줄놀이 영상이 생각보다 많이 올라와 있다. 2학기에 동아리 수업으로 전래놀이를 하기로 했는데 고무줄을 사서 아이들과 함께 다시 한 번 고무줄놀이를 해야지.

동생들은 로봇을 조립하며 놀았다. 2층 다락방 앞 검정 플라스틱 장식장에 동생들이 100원 200원으로 사서 조립해 모은 로봇들이 줄지어 있었다. 로봇을 파는, 집 앞 골목 문구점에서는 달고나도 팔았다. 연탄 곤로에 옹기종기 모여 앉아 국자에 담은 설탕을 녹여 소다를 넣어 붓고 모양 틀로 찍었다. 넷플릭스 〈오징어 게임〉 드라마를 보면서 지역은 달랐으나 놀이가 비슷했다는 것에 한국인이라는 동질감을 느꼈다. 전국 각지의 남학생들은 왜 그렇게 여자 아이들의 고무줄을 끊고 다녔을까?

요즘 아이들은 예전에 비하면 놀 시간이 터무니없이 적고, 놀더라도 실내에서 기구들을 이용하는 게 대부분이다. 우리 집 아이들이 어렸을 때도 실내 놀이터에 자주 데리고 갔다. 놀이공간이 있는 쇼핑센터를 이용하기도 했고, 아이들 넷이 모두 초등학생이었을 때는 전용 실내 놀이터에 아이들을 넣어놓고 남편과 데이트를 즐기기도 했다. 10매 티켓을 한 번에 사면 할인을 해주었는데 여러 번 사서 주말이면 가끔 데리고 가 몇 시간씩 놀다 오게 했다. 나중에 막내에게 들은 이야기지만 아이들이 신나게 뛰어논 줄 알았더니 그 안에 있는 게임기에 빠져 내내 하다가 우리가 올 시간이 되면 화장실에 가서 머리에 물을 바르고 나와 뛰어논 척했다고 한다. 막내는 오빠들과 함께 놀고 싶었지만 게임에 빠진 오빠들 덕분에 새 친구들을 많이 사귀었다. 데리러 가면 꼭 어린 여자아이 한둘이 따라 나와 '언니 가지 마' 하며 서운해했다. 막내가 놀다 입술이 찢어져 꿰맨 적도 있고 오빠들이 게임에 빠지는 부작용이 있긴 했지만 아이들도 좋고, 우리 부부도 좋았던 시간이었다.

아파트마다 놀이터가 있지만 초등학생이 되면서부터는 놀이터에서 놀 시간이 점점 줄어든다. 내가 어렸을 때는 구경하기 어려웠던 수학학원, 영어학원, 태권도학원, 논술학원, 공부방이 즐비하다. 부모님들은 아이들의 스케줄을 냉장고 문에 붙이고 관리한다.

수업이 끝난 아이들은 종 치기가 무섭게 학원으로 달려간다. 같은 학원 다니는 아이들끼리 오늘 영어 시험공부 많이 했느냐며 서로 걱정한다. 아침 독서시간에 학원 숙제용 문제집 푸는 아이들이 늘어난다. 친구와 어울려 노는 법까지 과외로 배울 판이다. 코로나 이후 개인 활동이 많아지면서 모둠활동을 어려워하는 아이들도 생겼다.

학급 세우기 시간이나 체육시간을 이용해 아이들이 어울려 놀만한 놀이들을 많이 하고 있다. 작년 우리 학교에는 스포츠 강사가 있어 5, 6학년 수업을 함께 해주셨다. 5학년은 주당 1시간, 6학년은 주당 2시간이다. 총 세 번의 수업 중 두 번을 강사님이 진행하고 담임교사가 보조한다. 도구들이 많이 필요하거나 전문적인 스포츠 분야를 가르칠 때 큰 도움이 된다. 이런 제도가 다른 학교에도 확산되었으면 좋겠다. 그런데 문제는 장소가 부족하다는 것이다. 40학급이 넘는 대교모 학교들은 아이들이 체육수업을 할 공간이 많지 않다. 체육관이 있고, 운동장도 있지만 주로 두 학급이 함께 사용할 때가 많다. 우리 학교에는 다목적실이 하나 있는데 운동장과 체육관, 그리고 다목적실 이용시간이 빠듯하게 짜여 있어 평소에 수시로 이용하기가 쉽지 않다.

주 1회 내가 하는 체육수업과 놀이시간에는 주로 건물 뒤쪽을 이용하거나 교실에서 수업을 했는데 책상을 가장자리로 다 붙여도 넓지 않아 활동이 제한적이다. 운동장 체육

날 갑자기 비라도 오면 스포츠 강사님은 가끔 음악실을 이용했다. 바닥에 얇은 카펫이 깔려 있어 달리면서 먼지가 나면 아이들 코로 들어갈까 봐 걱정되었지만 대안이 없었다.

놀면서 자라는 아이들. 아이들이 놀 수 있는 학교 수업시간마저도 마땅한 놀이 공간을 찾아야 하는 선생님들의 고민이 깊다. 대규모 학교에는 동시에 여러 학급이 체육 수업을 할 수 있는 다양한 놀이 공간이 있으면 좋겠다. 여분의 교실이 없다면 학교 건물 뒤쪽 여유 공간에 우레탄 바닥과 비가림막만 있어도 수업이 가능하다.

"오늘 자율시간에는 뭐 해요?"

"놀 거예요."

우리 반 아이들이 제일 좋아하는 말.

15

구멍 난 양말

교생 시절, 어머니께서 사주신 몸에 맞지 않는 듯 어색한 정장을 입고 출근해 열심히 수업 준비를 하고, 짧은 시간이지만 아이들과 친해지려고 애를 썼다. 꺾어 쓰기까지 해가며 정성스럽게 또박또박 글자들을 적었고, 어머니의 충고로 슬리퍼 끄는 소리도 안 들리게 굉장히 조신하게 지냈다. 늦는 것을 무척이나 싫어하는 나는 출근도 일찍 했다. 교생 실습마다 높은 점수를 받았고, 발령 후 최고의 교사가 될 줄 알았다.

졸업한 해 3월 첫 발령을 받은 나는 자유를 만끽할 새도 없이, 젊음을 불태우지도 못하고 바로 직장인이 되었다. 진주 본가에서부터 버스를 갈아타 가며 반나절이 넘어 걸리는 거리의 경기도 안성의 한 시골 학교에 발령을 받으면서 자취 생활이 시작되었다. 요즘 유튜브 '자취남' 채널을 재미 있게 보고 있는데 자기만의 작은 공간을 예쁘게 꾸며놓고 사는 출연자들에 비하면 방 두 칸짜리 오래된 시골 빌라의 쪽방 한 칸을 사용하던 나의 초임 생활은 처량하기 그지없 었다. 중고 침대와 작은 책상이 전부였던 단출한 살림살이.

얼마 후 평택 시내로 이사를 나왔다. 할 일이 없었던 나는 주말마다 쇼핑을 했다. 쥐꼬리 같은 월급을 옷 사는 데 많이 도 썼다. 부모님 돈으로 살 때와 달리 메이커 제품은 사지 않았다. 그 돈이면 보세 가게에서 예쁜 최신 유행 옷을 여 러 벌 살 수 있기 때문이다. 한껏 멋 부리는 시간을 보냈다. 스물 셋 지혜는 미니스커트는 물론이고 청바지나 청치마를 즐겨 입고, 몸에 딱 붙는 원피스에 굽 높은 신발을 신고 다 니는 게 좋았다. 시골 교장선생님의 마음에 차지 않는 게 당 연했다. 정장을 입어야지 왜 청바지를 입느냐, 옷이 왜 이렇 게 짧은 것이냐, 교사가 배낭을 메고 출근하느냐……. 딸 같 다는 핑계로 수많은 이야기들을 하셨다. 그럼에도 불구하고 꿋꿋이 나만의 패션 스타일을 고수했다. 심지어 머리를 형 형색색으로 물들이기도 했다. 탈색까지는 하지 못했고, 염 색 후 초록색, 빨간색 코팅을 했다. 교장선생님은 머리에 단

풍이 들었다며 놀리곤 했다. 두 달에 한 번 머릴 볶았다 풀
었다 염색했다 하느라 나의 머리카락은 빗자루가 되어 갔
고, 카드 청구 금액은 점점 늘었으며, 통장 잔고는 늘 달랑
달랑했다. 시간이 좀더 흐른 후 카드를 잘랐다.

결혼 후에는 조금 얌전한 옷을 입고 다녔다. 정장까지는
아니어도 세미 캐주얼을 좋아해 자주 입고 다녔다. 치마를
워낙 좋아했는데 특히 여름에는 뭐니 뭐니 해도 원피스가
가장 시원해서 요즘도 여름이면 자주 입는다. 굽 높은 신발
도 즐겨 신었기 때문에 운동화와 운동복을 늘 교실에 비치
해 두고, 갈아입고 체육 수업을 하곤 했다.

최근에는 아이들이 즐겨 입는 스타일로 입는 게 좋아졌
다. 막내가 고등학생이 되고부터는 나보다 키가 더 커지면
서 옷을 같이 입기도 했고, 아이가 알려준 인터넷 의류 쇼핑
몰에서 옷을 구입하다 보니 아이의 스타일대로 옷을 입게
된 것이다. 나이가 들었음에도 아이들처럼 캐주얼하게 차리
고, 운동화로 출퇴근을 하니 편하기도 하고, 반 아이들이 거
리감을 적게 느껴 좋기도 하다. 놀랄 만큼 낮은 가격도 쇼핑
의 즐거움이다.

체육시간이 주 3회 들어 있고, 가끔 담임 재량 학급 세우
기 시간에 교실 놀이를 하기도 해 운동복에 운동화 차림으

로 출근하는 날이 많아졌다. 막내가 대학교에 내 차로 통학하느라 나는 버스를 이용하기 때문에 높은 신발보다 단화나 운동화를 즐겨 신는다. 예전에는 정말 다양한 옷을 매번 바꿔 가며 입었는데 요즘은 마음에 드는 옷 몇 벌을 돌려입는다. 아이들이 늘 같은 옷을 입고 있는 선생님을 보면 얼마나 지루할까 하는 생각에 용기를 내어 독특한 옷을 입어 보기도 하지만 하루 종일 남의 옷을 입은 것 같은 불편함이 있어 잘 안 입게 된다. 예전에는 가방을 백화점 세일할 때 가끔 사서 들고 다니곤 했는데 무겁기만 한 가죽 가방보다 요즘은 에코백이 너무 좋아서 특별한 날이 아니면 거의 얇은 천 가방을 든다. 내가 좋아하는 책과 수첩은 물론, 악보도 넣을 수 있어서 좋다. 미니멀리즘을 실천하면서 가방 개수를 더 줄였다. 소유가 적으면 관리하기도 편하다는 걸 알고는 덜 사게 된다. 옷이나 가방, 운동화를 적게 가지면 그쪽에 신경 쓰던 나의 노력과 소중한 시간을 다른 곳에 사용할 수 있다.

미니멀리즘을 추구함에도 자주 사는 옷이 있는데 검정색 셔츠나 바지다. 공연을 제법 많이 다니게 되면서 늘 같은 옷을 입는 게 지겨워 자꾸 다른 스타일의 검은 옷을 사게 된다. 예전에는 장례식장에 갈 때 입을 검정 옷이 없어 고민이었는데 요즘에는 옷장의 상당 부분을 검은 옷이 차지한다. 머리는 언제부터인가 항상 비슷한 길이와 스타일을 유지하고 있다. 긴 머리가 조금 지겨운 것 같으면 어깨 높이 정도로 잘랐다가 기르는 일을 반복한다. 염색은 되도록 어둡게 해서 자주 하지 않는다. 미용실에 일 년에 두 번 정도만 가니 머릿결이 훨씬 좋아졌다. 더 나이 들면 머리카락을 못 기를 것 같아 조금이나마 젊을 때 최대한 오래 긴 머리 스타일로 지내고 싶다.

무릎에 구멍이 난 옷을 입고 다니던 한 남학생이 생각난다. 구멍 난 양말을 신은 것도 몇 번 보았다. 옷이나 학용품을 선물하고 싶었는데, 어떻게 받아들일지 몰라서 한 번도 주지 못한 게 두고두고 후회된다. 좋은 옷이나 비싼 학용품은 없었지만 아이는 초라하지 않았다. 오히려 친구들의 사랑을 듬뿍 받았다. 친구들의 이야기를 잘 들어주는 소설 『모모』의 주인공 같았다. 아이들은 착한 친구를 좋아한다. 얼마 전 친구들과 함께 찾아왔었다. 양말 구멍도 개의치 않았던 그 아이는 여전히 씩씩하고 당당했다.

요즘 아이들 사이에서 비싼 브랜드 제품을 입는 풍조가 있다. 정말 비싼 옷들을 즐겨 입고 다니는 아이들이 있다.

친구들과 같은 브랜드의 옷을 사 입으며 동질감을 느끼는 모양이다. 자신감이 넘치는 아이들은 오히려 그런 옷을 입는 데 별로 집착하지 않는다. 비싼 옷, 교사다운 옷, 남들 다 입는 옷이 아닌 나만의 개성을 보여줄 수 있는 깔끔한 옷, 편안한 옷, 때로는 구멍 난 양말도 거리낌 없이 신는 당당함이 필요한 것 같다.

16

여성 6대

내가 뵌 집안 어르신 중 가장 연세가 높았던 분은 외증조 할머니다. 어렸을 때 '우에 할무이'라 불렀다. 외할머니보다 더 위에 계신 분. 경상도 사투리로 '위'라는 뜻의 '우에', '할머니'를 뜻하는 '할무이'. 외증조 할아버지는 교장선생님이셨다. 어린 나이에 혼자 엄마를 키우신 외할머니는 외증조 할아버지의 교장 사택에서 함께 사셨다. 한때 성악가가 되고 싶어 일본 유학을 꿈꾸셨던 외할머니는 어린 나이에 어머니를 낳고 혼자 키우느라 꿈을 접었다. 서른 즈음에 신앙을 접하신 외할머니는 온갖 고생을 하며 어머니를 애지중지 여겼다. 어머니는 고등학교 졸업 후 시험을 쳐 초등교사가 되셨고 발령지에서 아버지를 만나 결혼을 하셨다. 젖 먹던 나를 위해 어머니는 쉬는 시간에 사택에 있는 나에게 와서 젖을 먹이고 가곤 했다고 들었다.

외할머니는 치매로 요양원에 들어가시기 전까지 부모님과 함께 사셨다. 어렸을 때부터 우리 삼남매를 지극정성으로 돌봐주시느라 온갖 궂은일을 마다하지 않으셨다. 아버지와는 늘 가깝고도 먼 사이를 유지하셨고, 어머니를 통해 서로 과한 부탁은 조심스럽게 하며 예의를 갖추고 지내셨다. 우리가 보는 데서 부부싸움을 하신 적 없는 부모님이지만 아버지께서 외할머니께 바라는 것들을 어머니께 이야기하시는 걸 몇 번 보았다. 순종적이기만 하던 어머니는 때로 고집스러운 외할머니께 푸념 섞인 요구사항을 간혹 말씀하시긴 했지만 할머니의 뜻을 크게 거역하진 않으셨다.

아침이면 참빗으로 긴 머리를 빗어 단정하게 쪽을 지던 정갈한 외증조할머니 댁은 남해읍 작은 마당이 있는 집이었다. 화단에서는 석류와 무화과가 열매를 맺었다. 잘 익은 무화과를 따면 하얀 액이 나왔다. 무화과를 볼 때마다 외증조할머니 생각이 난다. 쩍 벌어진 석류도 먹곤 했는데 시고도 단 그 맛을 잊지 못하고 요즘도 간혹 사서 손이 벌겋게 될 때까지 하얀 씨를 뱉어 가며 씹어 먹는다. 대청마루를 통해 들어갔던 방 안에서 누워 계신 외증조할머니를 보았다.

외할머니는 '이것도 먹고 싶고, 저것도 먹고 싶다'는 외증조할머니께 죽을 먹이시며 눈물을 훔쳤다. 깡마른 우에 할머니는 얼마 후 돌아가셨고 외할머니는 장지에서 당신 어머니의 마지막 말들을 되뇌며 목놓아 우셨다.

동생들과 내가 객지 생활을 하고 있을 동안 늘 건강하실 것만 같던 외할머니에게 치매가 찾아왔다. 검정으로 단정하게 물들이시던 머리가 언젠가 집에 들렀을 때 하얗게 샌 걸 보고 가슴이 철렁했다. 외증손주들을 그토록 예뻐하셨는데 너무 어린 막내가 흰머리에 가끔 한곳만 응시하시는 할머니를 유독 무서워하곤 했다. 얼마 지나지 않아 아버지로부터 할머니가 거울의 자신을 알아보지 못하고 "누구십니까?" 하고 말씀하셨다는 것을 듣고 몹시 놀랐다. 그 후 집을 몇 번 나가 헤매셨고, 학교에 출근하셔야 했던 부모님은 외할머니를 집 근처 요양원에 모셨다. 아이 키우며 바쁘다는 핑계로 찾아뵙지 못하다가 돌아가시기 얼마 전에야 들러 요구르트를 먹여드렸다. "언제 펄펄 날라 다닐꼬?"라 하시던 할머니는 얼마 후 천국에 가셨다.

세월은 살같이 빠르고 나의 어머니는 벌써 일흔 중반을 지난다. 그렇게 건강하시던 어머니가 몇 년 전 눈길에 미끄러져 발목을 심하게 다쳐 수술을 하신 이후로 많이 약해지셨다. 등도 굽으시고 원래 말 없던 분이 더 말이 없어지셨다. 가족 모임에서 조용히 듣고만 계시는 어머니를 보면 마음이 아프다. 외할머니는 살던 동네를 떠나 아파트 생활을 하시면서 교회 분들 외에는 친구가 없었는데 그나마 다니던 교회에서 멀리 이사를 하신 후에는 거의 집에만 계셔서 어머니께서 걱정하셨던 기억이 난다. 지금 어머니도 동생네 조카들을 키우며 그나마 젊은 시절을 다 보내시고 지금은 주일에 아버지와 교회만 가신다. 뭐라도 배우며 친구를 많이 사귀시면 좋으련만 내성적인 어머니는 가족과의 시간 외에는 다른 일을 잘 벌이지 않으신다. 재작년 경도 인지장애라는 판정을 받으시고 지금은 약을 드시며 관리하고 계신다. 외할머니와 어머니가 모두 치매 증상이 있는 것을 보고 그렇게 되지 않기 위해 바이올린 줄을 짚고 태권도 품새를 열심히 외우고 영어공부를 하고 책을 읽고 있는지도 모르겠다.

부모님은 점점 나이가 들어가시고, 나의 딸은 폭풍 성장을 했다. 뭐든 하고 싶은 나이 스물 둘 여대생이다. 그 나이로부터 몇 년 후 엄마가 되었던 나는 딸이 언젠가 결혼을 하고 자신을 닮은 딸을 낳을 것을 상상해본다. 내가 기억하는, 외딸로 이어진 여성 6대가 완성되는 것이다. 6대를 지

나오면서 여성의 삶은 많이 달라졌다. 직장에 다니면서도 집안일을 도맡아 했던 과거의 여성에 비해 지금은 부부가 집안일을 함께 하며 짐을 나누어 진다. 전업주부인 아빠들도 많아졌다. 내 딸이 낳은 딸은 어떤 결혼생활을 하게 될까?

어렸을 때 나는 외할머니처럼 되지 말아야지, 하는 생각을 했던 적이 있다. 하지만 우리는 어머니를 닮아가고, 어머니는 할머니를 닮아간다. 세월은 장사도 무력화시키는 가공할 힘을 가지고 있는 것이다. 부모님을 잘 섬기는 것이 진정한 자녀교육이라는 것을 새삼 느낀다. 위드 코로나 추석을 맞아 오랜만에 아이들을 데리고 양가 부모님 댁을 찾으며 아이들과 많은 이야기를 나누었다. 막내가 엄마에게도 죽음이라는 게 있을 수 있다는 생각을 한 모양인지 벌써 엄마, 아빠죽을까 걱정이다. 명절은 오랜만에 가족과 친지를 만나 기쁘기도 하지만 나이 들어가는 부모님을 보며 나의 미래와 생의 마지막을 생각해볼 수 있는 시간이기도 하다.

여성 6대
박소희
⇓
이진희
⇓
최혜숙
⇓
김지혜
⇓
정서윤
⇓
?

17

내가 물려받은 것과
물려줄 것

    가정마다 물려주는 유산이 있다. 어떤 집은 재산을 물려주기도 하고, 어떤 이는 남들이 부러워하는 외모를 이어받기도 한다. 가난이 대물림되는 집도 있고, 온가족이 내리 강철 체력을 자랑하기도 한다. 유전적으로 질병을 타고나는 사람도 있겠고, 대대로 의사 집안, 법조인 집안, 교사 집안도 있다. 나는 어떤 유산들을 윗세대로부터 물려받았을지 생각해본 적이 있다.

    뛰어나게 잘하는 건 없지만 음악, 미술, 문학에 골고루 취향을 지닌 것이 집안 분위기인 것 같다. 우리 집안에 만화가가 한 분 계신다. 아기공룡 둘리로 유명한 김수정 님이다. 아버지의 동생으로 지금은 캐나다에 계셔서 잘 못 뵙지만 내가 어렸을 때 사촌들과 같이 댁에 가 며칠 지내다 오기도 하고, 우리 아이들이 어렸을 때 찾아뵙거나 함께 식사를 하기도 했다. 내가 초등학생(국민학생)일 때 아기공룡 둘리가 인기를 얻기 시작했다. '보물섬'이라는 만화잡지에 연재 중이었다. 아버지께서 자랑스럽게 사 들고 오신 그 잡지를 동생들과 함께 보았다. 아기공룡 둘리에 나오는 고길동의 모델이 바로 우리 아버지였다는 건 뒤늦게 알았다. 대학교 입학 후 미술학원에 다녔다가 친구보다 내가 진도가 빠르다는 것만으로 재능이 있는 줄 알고 미술과를 선택했던 게 혹시 삼촌의 영향일까? 아버지도 교사 시절, 국전에서 상을 받기도 하셨다. 아버지와 단둘이 삼천포 바닷가에서 낡은 배 사진을 찍어가지고 와서 졸업 작품으로 수채화와 유화를 하나씩 그렸던 것을 잊지 못한다. 나이가 더 들어 은퇴한

후에는 집 한편에 이젤을 놓고 수채화를 그리고 싶다.

외할머니는 성악을 공부하기 위해 일본에 유학을 가고 싶어 하셨는데 교장선생님이던 외증조할아버지께서 허락을 하지 않아 꿈을 이루지 못하셨다. 아마

도 음악을 좋아하는 건 할머니로부터 물려받지 않았을까 싶기도 하다. 사실 아버지도 음악을 좋아하신다. 어렸을 때 조수미나 장영주, 장한나의 소식에 대해 누구보다 먼저 아시고 알려주셨던 아버지는 그들의 노래와 연주 카세트 테이프를 틀어놓곤 하셨다. 시골 마을에서 클래식을 접한 건 아버지 덕분이었다. 색소폰을 부시는 아버지의 최근 음악에 대한 열의를 보면 내가 바이올린을 사랑하는 이유를 알 것 같다.

외할머니와 아버지의 음악사랑은 나를 거쳐 우리 집 둘째까지 이어졌다. 어린 시절 잠깐 피아노를 배운 적은 있지만 학창 시절 동안 악기라고는 잡아보지 않았던 아이가 고등학교를 졸업하고 갑자기 첼로를 배우고 싶다고 했다. 아는 분 소개로 유학까지 다녀오신 분께 개인레슨을 받게 했으나 대학 기숙사 생활을 하면서 중단했다. 군대에 다녀와 취업을 하고 다시 첼로를 배우나 했더니 집에서 뒹굴던 기타를 꺼내들었다. 녹슨 기타 대신 친구의 어쿠스틱 기타를 빌려와 유튜브로 한참을 뚱땅거리더니 〈로망스〉를 비롯해 라디오헤드의 〈Creep〉이나 김광석의 〈잊어야 한다는 마음으로〉 같은 노래들을 제법 들을 만하게 연주했다. 그러던 어느 날 베이스기타와 앰프를 사 들고 나타났다. 쉴 틈 없는 회사 생활에 지친 아이는 퇴근하고 기타 치는 재미에 쏙 빠졌다. 너드 커넥션의 〈좋은 밤 좋은 꿈〉, 잔나비의 〈사랑하긴 했었나요〉를 둥둥둥둥 가슴을 울리는 저음으로 퉁기며 과한 업무로 인한 스트레스를 툭툭 차버린다.

어머니는 인내심이 뛰어난 분이다. 너무 참으셔서 걱정될 정도이다. 새 학기 새 책을 받아 오면 새벽까지 교과서 겉표지를 달력종이로 싸주셨다. (그러고 보니 언젠가부터 책에 표지를 입히지 않는구나.) 예전에는 작은 것 하나도 아껴가며 참 소중히 사용했다. 어머니의 인내심은 내가 닮지 못했다. 나는 성격이 무척 급하다. 이것도 아버지를 닮았나 보다. 바이올린 연습을 할 때도 차분히 하지 못하고 늘 서두른다. 레슨하시는 선생님들마다 나에게 그 부분을 지적한다. 고치려고 해도 잘 안 되는 타고난 성격이 아닐까?

부모님께 물려받은 것 중 가장 감사한 것이 부끄럽지만 무엇이든 긍정적으로 생각하는 자세가 아닐까 한다. 아버지는 적극적이고 긍정적인 분이시다. 어떤 일이 있어도 웃으며 화통하게 이야기하신다. 괜찮지 않은 것도 늘 "괜찮다, 괜찮다." 하신다. 어떤 사람을 보든, 어떤 일이 있든 좋은 점을 찾으려는 자세를 아버지께 배운 것 같다.

나와 동생들이 어렸을 때 부모님은 늘 "우리는 너희에게 물려줄 것이 하나도 없다. 교육은 시켜주겠으니 앞길을 스스로 개척해라."라고 하셨다. 나 역시 아이들에게 같은 말을 해주고 싶다. 아이들이 우리를 닮는다고 생각하면 허투루 살 수가 없다. 내가 부모님의 삶의 자세를 닮아가듯 우리 아이들 역시 우리를 보고 배운다. 부유하지 않은 우리는 자녀에게 재산이나 건물을 물려줄 수 없다. 미약하나마 우리 부부의 신앙을 물려받았으면 좋겠다. 망망대해 같은 세상에서 의지할 곳 있다는 것이 얼마나 든든한지 아니까. 책을 좋아하는 것도 닮았으면 좋겠는데 믿음도 독서도 아이들은 내 마음대로 되지 않는다. 나의 기준으로 판단하지 말고 아이들이 꿈꾸는 미래를 존중하기로 했다. 언제든 무엇이든 할 수 있다고 믿는 마음만 보여주어야지.

18

초임 시절 흑역사

첫 발령을 받은 곳은 한 학년이 한 반뿐인 경기도 안성의 작은 시골 학교였다. 처음에 안양으로 잘못 듣고 도시학교인가 하고 좋아했다가 도교육청에서 발령장을 받아 보니 안성이어서 잠깐 실망했었다. 같이 임용고사를 친 친구들이 포천이나 동두천으로 발령받은 것에 비하면 안성은 경기도 최남단이어서 진주 집에 가기에 좋았다. 부모님과 발령지를 둘러보고, 살 집을 구하느라 동네를 돌아다녀 보니 닭장이 있는 시골 집 뿐이어서 난감해하던 차에 교장선생님이 근처 읍에 내 동기 한 명이 하루 전날 발령을 받아 방 두 개짜리 빌라에 들어갔다고 같이 살 마음이 있는지 물으셔서 흔쾌히 감사하다고 하고 그 집으로 들어갔다. 대학 시절 다른 과여서 이야기를 나눈 적이 없었던 친구이지만 타지에서 만난 학교 동기라 무턱대고 반갑기만 했다.

하지만 시간이 지날수록 그녀만의 독특함이 드러났다. 채소 알레르기가 있어 함께 식사한 적이 별로 없었다. 한번은 우리 학교 교장선생님이 우리 둘에게 회 무침을 사 주셨는데 그 친구가 음식을 뚫어져라 쳐다보다가 야채들 가운데 박힌 회만 쏙쏙 빼 먹는 것을 보았다. 김치도 먹지 않았는데 가끔 미역국 같은 건 먹었다. 요리라고는 해본 일 없던 나는 아침은 구입한 반찬과 김으로 대충 먹고 저녁은 집 앞 빵집에서 산 빵으로 해결하느라 음식을 해 먹질 않았다. 그 친구 역시 언제 요리를 하는 것인지 모르게 같은 집에 살면서도 서로 각자의 생활을 했다.

하루 일찍 발령받아 그 집에 먼저 들어간 그 친구의 큰 방에 보일러 트는 기기가 붙어 있었는데 어느 겨울 주말에 방문을 잠그고 나간 바람에 밤새 추위에 오들오들 떨었던 적도 있다. 다른 친구에게 전기장판을 빌리긴 했지만 결국 한 해를 온전히 버티지 못하고 이사를 나왔다. 독특하고 이해할 수 없는 구석이 많던 그 친구에게 배운 것도 있었다. 어린 시절 무슨 일이 있었는지 남과 신체 접촉하는 것을 과도하게 꺼리는 사람이 있다는 것을 그 친구를 통해 알게 되었다. 결혼하지 않고 고아원을 차리는 게 꿈이라던 그 친구는 지금쯤 꿈을 이뤘을까? 쓰레기 종량제와 분리수거가 처음 시행되었던 그때 아무것도 모르고 온갖 쓰레기를 봉지에 넣어서 버린 나에게 친절하게 분리수거 방법을 알려주기도 했다. 스승의 날 받은 선물을 그대로 두었다 고스란히 다음 날 반 아이들에게 돌려주는 것을 보고 나도 받지 않겠다고 일찌감치 다짐했었다.

초임 발령으로 신나기도 했지만 힘겨웠던 나날, 보다 마음 맞는 친구와 함께 지냈으면 어땠을까? 조금은 아쉽기도 하지만 살다 보면 이런 사람도 있고 저런 사람도 있다는 것을 알게 된 소중한 경험이다. 내가 더 살갑게 대했더라면, 하는 생각도 있다. 그 친구가 기억하는 나의 모습은 어땠을까? 돌고 돌아 다시 만나게 된다면 한번 물어보고 싶다.

평택 시내로 나와 할머니 할아버지 내외가 사시는 집의 2층에 월세로 살면서부터는 시장에서 반찬을 사고 미니 전기밥솥에 밥을 해 먹으며 소꿉놀이처럼 즐겁고도 외롭게 지냈다. 퇴근길에 버거킹 와퍼 주니어나 피자몰 오븐 스파게티를 먹고 옷가게를 집 드나들 듯 아이쇼핑하며 신나게 지냈던 날들. 그 친구와 계속 그 시골집에서 살았다면 누리지 못했을 것이다.

시골 학교에서 교직생활에 필요한 많은 것을 배웠다. 1교시 후 쉬는 시간마다 교실로 불러 믹스 커피를 타 주시며 교직에 필요한 소양을 조근조근 알려주시던 언니 같은 양옥희 선생님 덕분에 힘겨웠던 하루하루의 오아시스를 맛보았다. 교실이 쓰레기장이라 한탄했다가 아이들에게 쓰레기 다섯 개씩만 주우라고 하면 금세 깨끗해진다는 진리를 들은 것이 아직도 생생하다. 우리 반 아이들도 그랬겠지만 나조차도 무서웠던 옆 반 부장선생님은 욕은 기본이고 우리 반 아이들이 뛸 때마다 불러 손바닥을 때려주시는 통에 아이들에게 절대 뛰지 말라고 신신당부하기도 했다. 지금 생각하면 아이나 다름없는 스물셋의 내가 아이들과 함께 성장했던 시절이었다. 그러고 보면 요즘 신규 발령받아 오는 선생님들은 참 총명하고 듬직하다.

첫 발령지의 호랑이 같은 교장선생님은 나를 학생 대하듯 했다. 새벽 네 시에 일어나 자동차 헤드라이트를 켜 농사일을 하고 출근하신다는 무척이나 부지런한 농군이기도 했다. 한창 '열린교실'이 유행할 때여서 교실 곳곳에 '독서 코너', '놀이 코너' 같은 각종 코너를 만들고 부직포로 커튼을 만들어 교실 곳곳에 덕지덕지 붙이느라 저녁 9시에 퇴근하는 날이 많았다. 우리 학교만 유난했는지도 모르겠다. 나는 원래 다들 그렇게 하는 것이려니 하며 군말 없이 따랐었다. 장학사님 방문을 앞두고 우리 교실 한쪽 커튼이 떨어져 내려온 걸 본 교장선생님이 수업 중 아이들 앞에서 나에게 호통을 친 이후로는 멀리서 교장선생님 목소리만 들려도 가슴이 철렁 내려앉았다. 나보다 조금 일찍 발령받은 한 선배 교사는 선생님들 커피를 타지 말라고 했다. 여자 교사들이 교장·교감 선생님의 커피를 타던 시절이었다. 아무 것도 모르는 내가 못마땅했는지 수시로 따로 불러 무서운 얼굴로 잔소리를 했다. 그때마다 눈물이 찔끔거렸다. 철부지이긴 했지만 교실로 불러 커피를 타 주시던 선배 선생님처럼 따뜻한 말로 알려주었다면 얼마나 좋았을까, 하는 생각을 해본다.

교장선생님이 나를 아이 다루듯 반 아이들이나 선생님들 앞에서 대놓고 혼내는 것을 보시던 새로 발령받아 오신 두 분의 부장선생님이 교장실에 들어가 나에게 그렇게 대하면 안 된다며 '교장선생님이 고칠 것 여덟 가지'를 말씀해주셨다고 들었다. 어찌나 감사하던지. 교장선생님은 그 말을 듣고 동향(그중 한 분이 안동 분) 사람이라 편드는 것이냐며 화를 냈다고 하지만 그 후 태도가 확연히 달라지셨다. 신규 시절 이렇게 좋은 분들을 만난 것이 지금 생각해도 참 감사하다. 새내기 선생님들 주변에 항상 이런 분들이 계셨으면 좋겠다. 따뜻한 울타리로 자립할 수 있도록 돕고 조언해줄 수 있는 선배 교사들 말이다.

누구나 시작은 어설픈 법이다. 처음부터 베테랑인 사람이 있을까? 첫 직장의 기억이 슬픔이 되지 않도록 새로 시작하는 교사들에게 따뜻한 선배가 되기로 다짐한다. 그 시절 나에게 버팀목이 돼주었던 양 선생님이 오늘따라 더 그립다.

19

교직원 점심 당번

우리 세대는 도시락에 대한 저마다의 추억이 있을 것이다. 빈과 부가 드러나는 시간. 달걀과 소시지는 부의 상징이었다. 그 시절 도시락을 싸 오지 못하는 친구가 있었을까? 그때는 그런 생각을 한 번도 해 본 일이 없다. 나의 행동반경도 좁았고 시야는 우물 안 개구리였다. 어쩌면 내가 다녔던 시내 학교에는 그렇게 어려운 친구들이 없었는지도 모르겠다.

외할머니와 어머니가 도시락 싸주는 일을 소홀히 하지는 않으셨다. 그럼에도 나는 친구의 도시락 반찬을 늘 부러워했다. 들기름에 고소하게 볶은 감자볶음을 우리 할머니는 왜 못 만드시는지……. 끼니마다 싸 와서 밥과 함께 먹던 친구의 노르스름한 슬라이스 치즈를 그때 처음 보았다. 겨울이면 보온 도시락을 가지고 다녔는데 친구들의 김이 모락모락 나는 도시락도 나에게 부러움의 대상이었다. 내 건 함부로 들고 다니다 금이 갔는지 원래 싼 제품이어서 그랬는지는 모르지만, 밥과 국이 항상 미지근했다. 고등학교 때 점심은 집에서 싸간 도시락을 먹고, 저녁은 학교에 팔러 오신 아주머니들의 도시락을 사서 먹었다. 빨간 대형 고무 통에 보자기에 싸인 도시락들이 들어 있었다. 야간 자율학습이 있었던 시기였다. 그때는 다 그랬는지 모르지만, 학원 한 번 제대로 다닌 적 없어도 친구들이 대학에 잘 들어갔다. 밤마다 야간 자율학습을 했고, 심지어 주말에도 학교에 모여 공부했다. 지방 도시라 그랬을까? 어떤 아주머니의 도시락이 맛있는지 친구들끼리 품평회도 열었다. 저녁을 먹고는 단짝 친구와 자판기 커피 하나를 뽑아 나눠 먹었다. 매미와 귀뚜라미 소리를 들으며 조는 아이들 틈에서 밤공부했던 기억이 아련하다.

내가 첫 발령을 받았던 때만 해도 급식이 없었다. 7학급의 작은 시골 학교 선생님들은 학교에서 밥을 해 먹었다. 대학 시절까지 설거지도 거의 해본 적 없던 나는 차례가 다가 올 때마다 난감했다. 열 명이 넘는 사람들의 식사를 어떻게 준비해야 하는 것일까? 수업 중간에 밥을 안치고, 되어 가는지 확인하고, 국을 끓였다. 김치와 밑반찬은 어떻게 가져왔는지 기억나지 않지만, 당번들은 밥과 국을 책임졌다. 내 차례가 다가오면 어머니께 도움을 요청했다. 어묵국 끓이는 방법을 그때 처음으로 배웠다.

한번은 이런 일이 있었다. 내가 살던 곳 근처 시장을 지나가다가 동태를 팔고 있는 걸 보았다. 예전에 동태로 누군가가 국을 맛있게 끓여 주었던 기억이 나 몇 봉지 사 왔다. 다음 날 물을 끓이고 시장에서 싸 준 그대로 끓는 물에 투척했다. 요리라는 걸 해본 일이 없어 씻어야 한다고 생각하지 못한 것이었다. 그 사실을 내가 무척이나 따랐던 양 선생님께만 이야기했다. 비린내가 많이 나고 기름이 둥둥 떠 있는데 이게 어찌 된 일인지 나에게 살짝 물어보셨기 때문이다. 고추장과 마늘로도 가릴 수 없었던 비린내였다. 지금 생각하면 그때 아무도 식중독에 안 걸린 게 다행스럽기만 한 만행이지만 국간장과 양조간장도 구분하지 못하던 그 시기의 나에게 어쩌면 당연한 것인지도.

그러던 어느 날 학교에 급식실이 생겼다. 영양사가 새로 왔는데 나와 같은 나이의 오동통한 친구였다. 그때 행정실

(당시 서무실)에 나와 비슷한 시기에 발령받은 친구와 셋이 동갑내기로 무척 친하게 지내며 학교생활을 재미나게 했다. 학교에서 급식을 먹으면서 행복이 시작되었다. 점심 당번에서 해방된 것이다. 게다가 맛있기까지. 나의 건강 비결이 혹시 20년 넘게 먹어 온 학교 급식 덕분이 아닐까?

몇 년 전 옆 반 어떤 학생은 학교에 밥 먹으러 온다는 소문이 있었다. 수업시간에 공부에는 집중하지 않고 자거나 장난치는데 아침마다 급식 메뉴 하나만은 기막히게 잘 외워 온다는 것이다.

"오늘은 뭐가 나오나?"

"아, 네. 오늘은 잡곡밥에 달걀국, 피쉬앤칩스, 오이 쇠고기볶음, 그리고 배추김치입니다."

담임 선생님의 물음에 거침없이 나오는 아이의 대답. 학교 오는 재미가 하나라도 있으면 된다. 아이들에게 학교가 '밥도 주는 곳'이라는 사실은 학교라는 곳이 따뜻한 가족의 이미지를 갖게 하는 요소인 것 같다.

영어 전담교사를 할 때 외국의 급식을 비교하는 사진을 아이들에게 보여준 적이 있는데 우리나라에 비해 즉석식을 사용하거나 5대 영양소가 고루 들어가지 않는 식단에 놀랐다. 친구가 학교 영양교사로 있기도 하지만 아이들의 건강을 고려한 급식으로 우리나라 아이들이 튼튼히 자라간다고 생각하면 참 고마운 생각이 든다. 대한민국 엄마들의 걱정 과 수고를 덜어준 학교 급식이여, 영원하라!

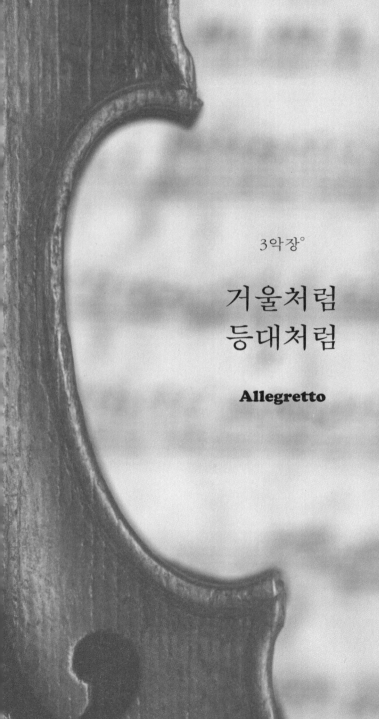

3악장°

거울처럼
등대처럼

Allegretto

20

아이의 세계는 작지 않다

외출했다 지하철로 이동하는 중이었다. 아버지가 외국
분인 덩치가 큰 한 학생으로부터 다급한 전화를 받았다. 부
모님이 싸우시는 모양이었다. 돈 문제로 자주 다투신다고
했다. 한참을 통화하며 아이는 점점 안정을 찾았다. 넉넉하
지 않고, 친구들과 피부색이 다르지만 늘 씩씩하고 모범적
인 그 아이가 가정의 문제를 스스로의 힘으로 극복해내고
있었던 것이다. (그 아이는 뒤에 '꿈꾸는 나무'라는 내 개인 역사에
남을 학급 이름을 지었다.)

학급에서 아이들이 칠하는 '스스로 체크판'(이름하여 '티
끌 모아 태산') 숫자(전체가 20개, 40개… 등)에 따라 한 달에 한
번꼴로 영화를 보고 자리를 바꾼다. 나눠서 보느라 한 학기

지나면 영화 한두 편을 보게 되는데 주로 오래된 영화들이다. 내가 가장 좋아하는 영화는 〈마틸다〉이고, 좀 무섭긴 하지만 〈코렐라인〉과 〈스파이더위크 가의 비밀〉도 아이들이 재미있게 본다. 조금 우울한 〈비밀의 숲 테라비시아〉도 판타지적 요소가 있어 아이들과 가끔 본다. 공교롭게도 네 편 모두 소설이 원작이다. 6학년 아이들과 〈개를 훔치는 완벽한 방법〉이라는 영화를 실과 가정생활과 연계해 함께 보기도 했는데, 아이들 후기를 보니 감동적이라는 의견이 많았다. 이 영화 역시 외국 소설이 원작인데 불우한 가정의 모습에 아이들이 마음 아파하며 보았다. 〈비밀의 숲 테라비시아〉에는 형제가 많고 경제적으로 넉넉지 못한 형편이라 누나들에게 물려받은 낡은 운동화로 인해 놀림을 받는 소년이 나온다. 〈마틸다〉에는 본인들 아이가 얼마나 똑똑한지 알아차리지 못하고 오히려 무시하며, 남의 돈을 자신의 주머니로 옮기는 데만 혈안이 된 부모가 나온다. 〈개를 훔치는 완벽한 방법〉은 가족을 떠난 아버지에 대한 그리움과 어머니에 대한 원망, 그리고 가난에 대한 지겨움을 이야기하고, 〈스파이더위크 가의 비밀〉에는 혼자 아이들 셋을 키우느라 고군분투하는 어머니와 사춘기 자녀들이 등장한다.

어려움에 처한 가정이 영화에만 있는 건 아니다. 작년,

부모님의 부부싸움 중에 나에게 전화했던 학생이 있었다. 내가 당장 해줄 수 있는 건 없었다. 폭력을 쓰셨다면 신고라도 했을 텐데 그건 아닌 모양이었다. (실제로 재작년 옆 반 온라인 수업 중에 심하게 부부싸움을 해 담임 선생님이 신고한 경우가 있었다.) 우는 아이의 이야기를 들어주고 달래는 것밖에 할 수 있는 게 없었다. 다행히 다음에 물어보니 화해하고 여행도 함께 다녀오며 평화를 되찾았다고 했다. 그 친구는 사실 이전 담임 선생님이 좀 걱정하셨던 아이다. 줌 수업에 거의 들어오지 않았고, 연락도 안 되었으며, 부모님과도 통화가 어렵다는 것이다. 학기 초에 보니 아이가 주눅 들어 있는 느낌이었고, 친구들과 별로 이야기하지 않았으며, 기분이 안 좋아 보이는 얼굴이어서 마음이 쓰였다. 그런데 알고 보니 아이의 전화번호가 바뀐 것인지 잘못 입력되어 있었고, 어머니는 갓 입학한 동생 때문에 무척 바쁘셨다. 전화번호를 정확히 알고부터는 줌 수업에도 곧잘 참여했다. 그림을 너무나 잘 그리는 그 아이를 친구들도 점점 좋아했다. 얼마 전즐겨 가는 마라탕 집에 갔다가 그 아이를 만났다. 친구들에둘러싸인 모습이 너무 보기 좋고 반가웠다. 카카오톡 프로필 사진에도 친구들과 활짝 웃으며 찍은 사진이 있었다.

자신감이 좀 부족하다 싶은 아이들의 부모님과 전화 통

화를 하다 보면 의외로 너무 씩씩하신 모습에 놀랄 때가 있다. 어머니들이 아이를 혹시라도 몰아세우지는 않는지 걱정될 정도였다. 낳고 키우느라 기저귀 갈던 시절까지 기억하는 부모님은 아이가 아직 어리다고만 생각할 수도 있지만, 생각이 영그는 6학년 시기에 부모님이 너무 많은 간섭을 하게 되면 오히려 성장을 방해하고 아이의 자주성을 저해할 수 있다. 조금 부족해 보여도 가능성을 생각하고 늘 용기 주는 말, 아이를 믿는다는 말을 하면 어떨까? 아이가 학교 이야기를 잘 안 한다고 말하지 말고, 아이가 학교에서 친구들과 있었던 일을 재잘재잘 이야기할 수 있는 분위기를 만들어주면 좋겠다. 나에게 그때 이런 이야기를 해주는 이가 있었다면 얼마나 좋았을까?

얼마 전 유튜브로 영상을 보다가 '교실은 예쁨만 받는 곳이 아니'라고 하는 누군가의 이야기를 들었다. 생각해 보니 정말 그랬다. 온실 속 화초처럼 가정과 학교에서 어려움 없이 자란 아이들이 사회에서 만나게 될 수많은 고난을 잘 극복할 수 있을까? 가정에서 한두 명의 자녀를 돌보기도 어려운데 귀한 아이들이 스무 명 넘게 모인 교실은 돌발 상황이나 다툼이 없을 수 없다. 담임교사가 아무리 살뜰히 챙긴다고 해도 스물에서 서른 명의 아이들 입맛을 모두 맞출 수는 없다. 아이는 친구와의 관계에서 어려움을 느낄 때도 있고, 과제를 해결하느라 고생하거나 선생님과 맞지 않아 힘든 한 해를 보낼 수도 있다. 그 과정이 모두 살아가는 방법을 배우는 시간이 아닐까? 아이들은 우리가 생각하는 것보다 어려움을 극복할 수 있는 힘을 가지고 있다고 믿는다.

요즘 부모님은 아이들이 작은 고통도 겪지 않도록 완벽한 환경을 만들어주고 싶어 하는 경향이 있는 것 같다. 선생님의 방식이 마음에 들지 않으면 전화해서 이렇게, 저렇게 해달라고 요구하기도 하고, 자리를 옮겨달라고 하거나 짝을 바꿔달라고 요청하는 경우도 있다. 선생님과 상의를 할 수는 있다. 상의와 요구는 다르다. 선생님들이 느끼는 압력의 차이는 엄청나다.

성격 좋고 친구 많은 막내가 초등학교 5학년 때 왕따를 당한 적이 있다. 학급에 여학생이 13명 홀수였고 둘씩 사이가 너무 견고했다. 처음에는 딸도 단짝 친구가 있었는데 혼자 남은 친구가 딸의 친구와 친해지면서 둘이 단짝이 되고, 딸이 혼자 남았다. 늘 밝게 웃으며 학교생활을 즐겁게 하던 막내가 울면서 그 이야기를 했다. 현장체험학습 때 버스에서 혼자 앉았고, 점심시간에 혼자 점심을 먹었다는 말에 가슴이 무너져 내리는 느낌이었다.

담임선생님과의 상담을 통해 선생님도 어떻게든 친구를 만들어주려고 노력하셨음을 알게 되었다. 아이들 간의 사이가 너무나 견고해 선생님도 어떻게 할 수가 없었던 것이다. 마음은 아팠지만 그렇게 시간을 보낼 수밖에 없었다. 몇 개월 후 이사를 오면서 막내가 새집 근처 학교로 전학하고는 학교에서 바로 친구들을 많이 사귀었다. 아이와 요즘도 가끔 힘들었던 5학년 때의 이야기를 한다. 그런 시기가 있었기에 친구의 소중함을 더 느낄 수 있지 않았을까?

직장 다니고 아이가 많다는 핑계로 한 명 한 명 정성 들여 돌보지 못한 나는 항상 아이들 담임 선생님들께 고맙고 미안한 마음이 있었다. 지난 일에 대해 별로 말이 없는 오빠들에 비해 막내는 어린 시절 이야기를 가끔 한다. 4학년 때 구구단을 못 외워 방과 후에 남아 선생님과 보충수업을 했다는 것을 얼마 전에야 알았다. 가끔 과자도 주셔서 그 재미에 일부러 남기도 했다고 한다. 어느 때는 퇴근하는 선생님과 같이 하교한 적도 있다고 한다. 선생님이 얼마나 힘드셨을까? 집에 가도 엄마가 없으니 집 근처 도서관에서 책을 읽으며 시간을 보내기도 했다. 책을 그렇게 많이 읽었다는 것을 그때는 몰랐다. (지금도 읽으면 참 좋을 텐데 스마트폰과 너무 친해서 탈이다.) 방학하는 날에는 사물함 물건을 한꺼번에 빼느라 비닐봉지 여러 개에 나누어 담은 물건들을 무겁게 들고 머나먼 집까지 비를 맞으며 걸어오다 비닐봉지가 찢어지는 바람에 길바닥에 물건들이 쏟아져 엉엉 울었다고 한다. 무심한 엄마가 미리 챙겨오라고 말해주지 않아서 한꺼번에 들고 오느라 어린 손이 얼마나 아팠을까? 지금 생각하면 가슴이 미어지지만 그런 경험들이 오히려 아이를 단단하게 했을 거라고 위안을 삼아본다.

21

잊으려 잊으려 해도

'감탄사!' 고등학교 때 내 별명이다. 무슨 말을 하든 호응을 잘한다는 뜻이다. 그랬던 내게 '돌직구'라는 별명이 붙은 적이 있다. 10년쯤 전이었다. 내가 무심코 한 말이 누군가를 콕 찌르는 일이 많았다. 그때는 선생님들이 즐겁게 웃고 놀던 중에 한 말이었기 때문에 당사자가 크게 상처를 받거나 하지는 않았다. (나만의 착각인지 모르지만) 다들 웃어 넘겼고, 분위기가 오히려 화기애애해졌다. 그게 일부러 웃기려고 했거나 혹은 상처를 주려는 의도가 있었던 건 아니다. 눈치가 없어 그런 건지 모르겠다.

그런데 나의 이런 면모는 젊은 시절부터 있었다. 혈기왕성했던 초임 시절, 수업하는데 한 아이의 코가 빨갛게 되어 있는 걸 봤다. 모기에 물린 것인지 코를 자꾸 만져서 그런 건지는 모르겠지만 눈에 확 띨 만큼 코끝이 빨갰다. 장난기가 발동한 나는 이렇게 말했다.

"술 마셨니?"

그날 오후 나는 술에 취한 목소리의 아이 어머니 전화를 받았다. 내 말을 듣고 당황해 하던 아이의 모습이 떠올랐다. 집에 가서 그대로 전했던 모양이다. 어머니 본인이 진짜 알콜 중독이라고 했다. 흐느끼시면서 그렇다고 아이에게 그런 말을 하면 어떡하느냐고 나에게 하소연했다. 나는 정말 쥐구멍에라도 들어가고 싶은 심정이었다. 어머니께 아이 코가 너무 귀여워 보여서 그랬다고, 정말 죄송하다고, 있을 수 없는 일인데 그런 말을 했다고, 아이에게도 사과하겠다고 계속 말씀드리고 겨우 진정시켜 전화를 끊었다. 그 이후로는 되도록 반 아이들에게 떠오른다고 그냥 말하는 일이 없도록 조심했다.

몇 년 전 집 앞에 있는 학교에 근무할 때는 이런 일도 있었다. 우리 아파트에는 학교 아이들이 많이 살고 있었고, 같은 라인에 당시 우리 반 아이가 아직도 살고 있다. 옆 라인에는 옆 반 아이가 있었는데 심한 장난꾸러기였지만 마주칠 때마다 무척이나 반갑게 인사를 해 귀엽다고 생각하고 있었다. 어느 날 그 꼬마 아이가 커트에 머리가 희끗희끗하고 주름이 많은 한 여성분과 함께 걸어가고 있는 걸 보았다. 반갑게 인사한다는 것이 그만…….

"안녕하세요. ○○이, 너무 귀여워요. 할머니세요?"

"엄마예요."

"어머! 정말 죄송해요!"

돌이킬 수 없는 실수였다.

"괜찮아요. 그런 말 많이 들어요."

이 날 이후 나는 항상 한 박자 멈춰 생각하고 말하려고 노력하고 있다. 물론 쉽지 않다.

반 아이들도 순간적으로 나오는 사소한 말실수로 친구 관계를 망칠 때가 있다.

"△△에게 고백했다가 차였다며?"

"너는 그것도 모르니?"

아이들에게 친할수록 예의를 지키라는 말을 자주 한다. 친한 아이들끼리 친하다고 함부로 말하다가 상처 입는 경우를 많이 보았기 때문이다. 우리반 급훈은 영화 〈킹스맨〉에 나오는 유명 대사인 '매너가 사람을 만든다'이다. 매너가 있는 사람은 언행이 거칠지 않을 것이다. 매너는 친구 관계에만 지켜야 하는 게 아니다. 가족에게도 실천해야 하는데 사실 부부 간에도 지키지 못할 때가 많다. 나는 여전히 아이들과 함께 배우고 성장해야 한다.

요즘은 온라인으로 상처 주는 일도 많다. 카카오톡 메시지나 문자는 말의 뉘앙스까지 전달이 되지 않기 때문에 오해가 발생하는 경우가 정말 많다. 친하던 친구들끼리 단체 대화방을 만들었다가 결국 싸움으로 끝나는 경우도 보았다. 그래서 학년 초에 학급 아이들에게 단톡방을 만들지 말라고 부탁한다. 장점도 많지만 싸움 한 번이 모든 좋은 걸 다 덮어버린다.

요즘은 소셜 미디어 활동을 하는 아이들이 많아서 댓글이 문제가 되기도 한다. 한번은 이웃 학급 어떤 아이가 아이들이 즐기는 앱으로 생방송을 하던 중 다른 아이가 들어가서 훼방을 놓은 일이 있었는데 그로 인해 시작된 사건이 학교폭력으로까지 이어지는 경우도 보았다. 자신이 쓴 글을 폄하하는 댓글을 단 친구 때문에 싸움이 일어나는 경우도 있었다. 그래서 학년 초에 온라인 예절 교육을 꼭 실시한다. 처음에 신신당부해두고 잊을 만할 때 틈틈이 잔소리를 하면 한 해가 조용히 지나간다. 온라인상에 홧김에 적은 메시지는 자신의 의지와 상관없이 삭제되지 않고 영원히 남을 수 있다는 걸 아이들에게 말한다. 시간이 많이 흘러도 잊을 수 없는 부끄러운 나의 실수들처럼, 섣불리 내지른 감정의 흔적들이 아무리 지워도 지워지지 않고 다시 돌아오는 세 상이다.

22

담임의 기쁨과 슬픔

해마다 아이들의 분위기가 조금씩 다르다. 학급 운영을 똑같이 한다고 해도 학급 구성원들에 따라 협조적이고 서로 끈끈하며 배려하는 분위기가 될 수도 있고, 시니컬한 말하기 좋아하고, 마음에 상처가 많아 뾰족뾰족한 말을 하는 아이들의 목소리가 크면 때로 의도치 않게 힘든 한 해를 보내기도 한다.

영어 심화 연수를 받느라 6개월 동안 숙명여대에 출퇴근하며 공부한 적이 있었는데 영어연수 끝에 가장 먼저 걱정되었던 것이 한 학기를 다른 선생님과 보낸 아이들이 나를 잘 따르게 될까, 하는 것이었다. 2학기가 시작되고 젊디젊은 임시담임 선생님에 이어 학급 아이들을 만났다. 3학년이라 그랬을까? 이전 담임 선생님이 아이들을 잘 돌봐주신 덕분일까? 그 아이들과 한 학기만 지낸 것이 아쉬울 정도로 사랑스런 학급이었다. 그때는 급식으로 우유도 신청해 먹을 때였는데 한 아이가 우유를 먹다가 쏟으면 주변에서 걸레와 휴지를 든 아이들이 와, 하고 모여 들어 서로 닦아주는 신기한 아이들이었다.

영어 연수를 받은 후 한참 동안 영어 전담교사를 했다. 연수 후 영어전담교사를 몇 년간 의무적으로 해야 한다는 조항 때문이지만 영어 수업이 재미있기도 했다. 게다가 학교에 오케스트라를 만들어 운영하던 시기여서 담임을 맡기가 부담되기도 했었다. 그렇게 몇 년을 보낸 후 그 학교 마지막해, 4학년 담임을 맡았다. 오랜만에 하는 담임이라 조금 걱정되었다. 학급 운영했던 기억을 떠올려 아이들과 새로운 터전을 만들어가야겠다는 굳은 각오로 첫 수업을 시작한날, 유독 눈에 띄는 아이가 한 명 있었다. 뾰족한 조각을 엮은 목걸이를 한 호리호리한 남학생이었다. 한창 영화 〈블랙팬서〉가 개봉해 인기를 누리고 있을 때였다. (그 1년 내내 "와칸다 포에버!"를 얼마나 많이 들었던지.) 인상이 강해 보이는 아이였다. 목걸이가 멋지다고 말해주었다. 며칠 후 그 친구가 우리 반 회장이 되었다. 친구들 눈에도 띄었었나 보다.

그 친구는 목소리가 우렁차고 힘도 좋았고 운동도 곧잘 했다. 며칠이 지난 후 이 친구와의 기 싸움이 있었다. 수업이 끝나고 친구들이 다 돌아간 후에도 침묵시위를 이어갔다. 무슨 일로 그랬는지 정확히 기억나진 않지만 그 친구가 잘못한 일에 대해 이야기하던 중 아이가 입을 닫았던 것으로 기억한다. 지금 같으면 내일 이야기하자고 돌려보냈을 텐데 그 때는 나도 고집스럽게 어머니께 먼저 양해 전화를 드리고 그 친구가 입을 열 때까지 기다리고 있었다. 결국 자신의 잘못을 인정하고 집으로 돌아갔다.

다행히도 그날 이후 아이가 완전히 달라졌다. 학급 아이들을 너무 잘 이끌었다. 내 말이라면 무조건 최고라며 추켜세우기까지 했다. 분명 어머니와의 정성어린 대화가 있었으리라 믿는다. 피구를 무척이나 좋아해서 1, 2교시 블록 수업(쉬는 시간 없이 연달아 하는 수업) 후 20분 쉬는 시간에 피구하고 싶다는 친구들을 모두 데리고 나가 다 같이 피구를 했다. 4학년이면 친구들과 다툼도 많은 시기이다. 치고받고 싸우는 일도 간혹 있긴 했지만 회장을 비롯해 봉사정신 강한 아이들 덕분에 큰 사고 없이 무사히 즐겁게 지나갔다. 나의 블랙 팬서. 오랜만에 담임을 해서인지 그해 아이들과 이별의 아픔이 컸다. 아이들을 모두 돌려보낸 종업식 날 혼자

이삿짐을 싸는데 눈물이 터져 대성통곡을 했다. 그리고 이번 학교로 옮겨 왔다.

지금 근무하는 학교에서도 좋은 아이들을 참 많이 만나고 있지만 첫해는 조금 힘들었다. 아이들을 줄 세워 전담교사 교실에 데려다주고 올라가는데 한 3학년 선생님이 우리 반 아이들을 보고 있다가 나에게 귓속말로 이야기하셨다.

"선생님 반에 3학년 때 유명하던 말썽꾸러기들이 다 있네요."

어쩐지……. 첫날부터 보통이 아니다 싶었는데 한 장난하던 어제의 용사들이 흩어졌다 우리 반에 다 모였었구나. 싸우며 정든다는 말이 있듯 귀엽기도 했던 그해의 아이들은 오래오래 내 마음에 남을 것이다.

다음 해에 코로나가 닥쳤다. 아이도 교사도 부모님도 생전 처음 맞닥뜨린 특수 상황이었다. 개학을 했지만 아이들은 학교에 오지 못했다. 첫날 배부한 학습지와 유튜브 링크를 보며 아이들은 스스로 공부해야 했고, 과제 검사를 하며 아이들의 학습을 체크했다. 매주 월요일에만 카카오톡 라이브로 조회를 했다. 점점 이대로는 안 되겠다는 생각이 들어 학년 선생님들과 줌으로 실시간 온라인 수업을 시작했다.

스마트폰이나 노트북 여건이 안 되어 수업을 제대로 듣지 못하는 경우도 있었지만 차츰 적응했다. 지금 생각하니 온 종일 스마트폰 화면을 보며 공부했다는 게 안쓰럽기도 하다. 우리는 6학년이어서 그나마 핸드폰이라도 있었는데 저학년 아이들은 어땠을까? 함께 고생한 그해부터 나의 '꿈꾸는 나무' 1기가 시작되었다. 졸업 후 모두 뿔뿔이 흩어지지만 '꿈꾸는 나무'라는 하나의 둥치에서 나왔음을 기억하자는 의미였다.

그다음 해, 꿈꾸는 나무 2기 아이들은 노는 게 제일 좋다며 '뽀로로'라는 이름을 골랐다. 한 해 동안 뽀로로 노래를 얼마나 많이 들었는지……. 졸업하기 직전 6학년 때 그동안 잃어버린 동심을 되찾았다고 고백했던 그 아이들은 뽀로로 생수와 음료수를 사 들고 찾아온다. 그해에는 온라인수업이 훨씬 원활하게 진행되었다. 학교에 반은 오고, 반은 오지 않는 시기가 있다가 곧 전면 등교수업이 시작되었다. 수업 시간을 당기는 바람에 정신없는 오전을 보내고 점심을 먹은 후 집에 보냈다. 우여곡절 많은 한 해였지만, 귀여운 뽀로로들 덕분에 매일 웃었던 날들이다.

꿈꾸는 나무 3기는 삼다수처럼 맑은 사람이 되고 싶은데 2반이어서 '이다수'라고 아이들이 이름 지었다. 아직 코로

나가 종식된 건 아니었지만 일상을 거의 회복했다. 학교에 아이들이 반반 나뉘어 오거나 와서 점심 식사 후 하교하던 일은 역사 속으로 사라지고 예전의 시간 패턴을 되찾았다. 온라인 수업에 익숙해진 아이들은 처음에 좀 힘들어하기도 했지만 서서히 적응했다. 온라인을 병행했던 2년 동안 친구들과 특별한 다툼이나 부딪힘이 적었던 것에 비하면 매일 보는 아이들과 친해지기도 했지만 작은 일로 서로 오해하는 일도 발생했다. 그럼에도 아이들은 아주 큰 장점을 지녔는데 친구 돕기를 즐긴다는 것이다. 수학 문제 푸는 것을 어려워하는 친구들 곁에는 알려주는 친구들이 늘 있었고, 외국에서 살다 와 도움이 필요한 친구 곁에도 늘 도움의 손길이 있었다. '1인1역(학급에서 역할을 하나씩 맡아서 하는 제도)'을 처음에는 도입하지 말까 했는데 내가 분리수거를 혼자 한다는 걸 알고 한 아이가 제안해 학급회의 시간에 각자의 역할을 정했다. 한 명이 여러 개를 하겠다고 할 정도로 봉사를 즐기는 것이 정말 신기했다. 당번 친구가 부족할 때는 제가 할게요, 하고 손 들고, 나눠줄 물건이 있을 때 역시 서로 나섰다. 처음에는 이런 아이들이 두어 명 있었는데 좋은 일이든 나쁜 일이든 학급 안에서는 전파가 무척 빨라서 다른 아이들까지 점점 닮아갔다.

아이들이 공부를 잘할 수도 있고, 어려워할 수도 있다. 다루기 힘든 아이도 있다. 하지만 봉사를 즐기는 아이들이 많으면 담임 입장에서 그해는 어떤 어려움이 있더라도 극복할 힘을 믿는다. 나에게 와준 고마운 블랙 팬서들. 아이들이 존경스러울 때가 많다.

4년 내내 6학년을 하고 올해는 오랜만에 3학년 담임이 되었다. 아이들은 어두운 밤하늘에 반짝이는 북극성처럼 남을 돕는 사람이 되자는 의미에서 반 이름을 '북극성'으로 정했다. 벌써 꿈꾸는 나무 4기가 된 것이다. 학습 면에서 도움이 필요한 친구도 있고, 수업시간에 가끔 돌아다니는 친구도 있지만 잘 적응하여 즐겁게 보내고 있다. 규칙을 잘 지키고 그림은 또 얼마나 잘 그리는지. 화사한 색감으로 수채화를 잘도 그린다. 조그마한 아이들이 엄청난 목청과 정확한 음정으로 노래를 부르는 것도 신기했다. 우리 반 애창곡 〈문어의 꿈〉을 부를 때는 교실이 떠나갈 것 같다. 그 전 해에 쓰던 전자 키보드를 쉬는 시간에 처음 꺼내 놓았을 때, 말하지 않았는데도 줄을 서서 한 명씩 치는 걸 보고 대견해했다. 한 학기를 보내며 아이들과 정이 많이 들었다. 방학하는 날 우리만 하지 말고 선생님도 '칭찬 샤워'(매주 한 명씩 주인공이 되어 친구들로부터 포스트잇에 쓴 칭찬을 받는 활동) 하시라

고 졸라 포스트잇에 칭찬 적은 것을 받기도 했다. 쑥스러웠
지만 정말 행복했다. 아이들이 왜 그렇게 칭찬 샤워 주인공
이 되고 싶어 하는지 알 것 같았다. 남은 시간 동안 한 명 한
명 저마다의 북극성으로 반짝이도록 도와주어야겠다.

　선생님들 모두가 나처럼 행복한 생활을 하시는 건 아니
다. 학교폭력이 한 해에도 수없이 벌어지는 요즘, 담임선생
님들의 한숨은 늘어만 간다. 아이들끼리의 사소한 다툼이
부모님 싸움으로 번지기도 하고, 때로 소송을 거는 일도 있
다. 피해자라고 신고한 아이가 알고 보면 같이 때린 경우도
있고, 가해자로 신고된 아이들이 정신적인 피해를 입는 경
우도 보았다. 보통의 부모님들은 이런 경우 잘 지도하겠다
고 하시지만 간혹 억울함을 참지 못하고 학교에 원망을 표
시하기도 한다. 누군들 그렇지 않겠는가? 남의 이야기가 아
닌 자신의 아이가 당한 일이라면 그냥 넘어가기 어려울 수
있다. 선생님과 부모를 바라보는 자녀를 위해서라도 서로
최소한의 예의를 지키면 좋겠다.

　학급에 지도가 어려운 아이들이 느는 것도 문제다. 틱이
나 ADHD가 흔하고, 분노 조절이 어려운 아이들도 있다. 부
모님이 적극적으로 초기에 상담 받고 치료하는 경우 다른
아이들과 차이를 느끼지 못할 정도로 문제없이 지내기도

하지만, 부모님이 전문가의 도움을 받지 않으면 교사로서 계속 권하기도 어렵다. (선생님들 중에는 혹시라도 오해받을까 봐 이런 이야기를 부모님께 제대로 말씀드리지 못하는 분도 계신다.) 그럴 때 담임교사는 부모님과 자주 소통하며 최대한 다른 아이들에게 피해가 가지 않도록 애를 쓴다. 업무라도 적으면 아이들에게만 신경 쓰면 되는데 학교 일이라는 게 끝이 없으므로 업무와 아이들 일이 겹치는 경우 간혹 과부화가 걸리는 것을 경험한다. 화가 난다고 교실 밖으로 뛰쳐나가는 학생을 찾으러 다니는 일, 아이들에게 폭언을 듣거나 부모님께 오해받는 일, 수업 중에도 처리해야 하는 수많은 업무는 교사를 작아지게 한다. 교사가 작아지면 그 피해는 고스란히 학생들에게 돌아간다. 아이들이 존중받는 만큼 교사도 존중받는 문화가 되살아났으면 좋겠다. 수업을 심하게 방해하는 아이가 있다면 열심히 공부하고 싶은 다른 학생들을 위해서라도 학교 차원에서 어떤 조치를 취할 수 있으면 좋겠다.

잘못해서 친구를 치는 학생을 붙잡았다가 아동학대로 신고당할 것을 두려워해 아무것도 하지 못하는 무기력함을 한탄하는 선생님, 학생에게 듣지 말아야 할 말을 듣고, 폭행당하고도 누구에게도 말하지 못하고 가슴앓이 하는 선생님,

부모님으로부터 고소한다는 협박을 받는 선생님, 아침마다 자신의 아이를 특별히 지켜봐 달라고 부모님으로부터 장문의 문자를 받는 선생님이 주변에 너무 많다. 지금은 평화롭더라도 당장 내년에 내가 험한 일을 겪지 않을 거라는 보장이 없다. 내가 그런 일을 당하지 않는다고 가슴을 쓸어내리기에는 동료 선생님들의 고통이 심하다. 언젠가부터 개구리가 물이 뜨거워지는 줄도 모른 채 냄비 안에 있다가 끓는 물에 죽듯 선생님들이 자기도 모르는 채 점점 자존감을 잃고 주눅 들어가고 있다. 아이들을 건강한 사회의 일원으로 키워내기 위해서라도 선생님들이 건강하고 행복해야 한다. 그러기 위해서는 학교뿐 아니라 사회 전반적인 노력과 이해가 필요하다. 말 못할 선생님들의 고민을 이제는 털어놓을 때가 되었다.

23

달라진 것과
달라지지 않은 것

까마득한 옛날이지만 첫 발령을 받고 아이들 성적을 통지표에 입력할 때 볼펜대를 이용했었다. 지금으로서는 상상할 수 없는 일이지만 3단계 평가로 과목별로 상·중·하 칸에 동그라미를 찍어 표시했던 기억이 난다. 얼마 후 성적 처리가 디지털 시스템으로 바뀌게 되었다. 대학 시절 컴퓨터과와 영어과가 증설되면서 전과한(과를 옮긴) 친구들이 있었는데 나는 미술과에 그대로 남아 있었다. (음악과로 옮겼어야 했다.) 학교에서 컴퓨터를 따로 배운 기억은 별로 없지만 졸업 후 아버지의 권유로 워드 프로세서를 잠깐 공부했다. 발령을 받았을 때는 학교에 컴퓨터가 막 보급되던 시기여서 지금처럼 각 교실에 컴퓨터가 있지는 않았고, 교무실에 공용 몇 대가 있었다. 첫 부임지에서 유치원 선생님이 타자기로 공문을 쓰시던 기억이 난다.

이후 급속도로 컴퓨터가 보급되었다. 교실에서 수업 때 사용하기 시작했고, 성적을 컴퓨터로 입력한 후 성적표를 출력했다. 나이스^{NEIS} 시스템(얼마 전 새 버전으로 바뀜)이 도입되기 전에는 학교 급별 호환이 어려웠고 오류도 많았다. 매년 업그레이드되고 있지만 그에 따라 새롭게 숙지해야 하는 것들이 늘었고, 그에 대한 매뉴얼도 달라져 자칫 잘못 하다가는 실수할 수 있어 신경이 쓰인다. 예전보다 해서는 안 되는 것, 해야 하는 것들이 늘어 업무 경감에 큰 도움이 되지는 않았지만 결재를 받기 위해 교감, 교장선생님을 대면해야 하는 일이 없는 것, 그리고 공문을 일일이 인쇄해서 철해 두지 않는 것은 정말 획기적이다.

지금도 건망증이 심하지만 20대에도 다르지 않았다. 그때는 공문을 제출하기 위해 직접 인쇄한 서류를 교육청에 가져갔었다. 요즘도 사안에 따라 직접 제출하는 일이 있긴 하지만 과거에는 훨씬 많았다. 초임 때는 소규모 학교여서 맡은 업무도 중요하고 많았기 때문에 교육청에 출장 가는 일이 제법 있었다. 시골 학교인 데다 차를 구입하기 전이라

교육청에 가기 위해 버스를 여러 번 갈아타야 했고 버스가 자주 있지도 않았다. 학교 앞 정류장 근처에 작은 지역 농협이 있었다. 나의 첫 월급 통장을 만든, 그 동네에서는 유일한 은행이었다. 어느 날 교육청 가는 길에 그 은행에 잠시 들렀다. 교육청에 거의 다 와가는데 제출해야 할 공문이 보이지 않았다. 학교 앞 농협에 놓고 간 것이었다. 어찌나 난감하던지. 다시 갖고 가 제출할 걸 생각하니 앞이 캄캄해져 학교에 연락을 드렸더니 학교 기사님이 은행에 일을 보러 가셨다가 공문이 있는 걸 보고 가져와 교육청에 제출하러 가셨다고 했다. 정말 다행스러운 일이었지만 지금 생각해도 참 바보 같다.

첫 발령지가 시골 학교여서인지, 아니면 그 학교가 유난했는지 모르지만 술자리가 많았다. 심지어 학부모회 부모님들과도 함께한 적이 있었다. 소풍 날 부모님들이 오셔서 선생님들의 점심상을 차리던, 지금으로선 상상할 수 없는 일이 당연하던 시절이었다. 초임 시절 아무 것도 모르는 나는 시키는 대로 했었다. 원래 그런 것인가 했다. 노래방에서 교장선생님이 뜯어 준 두루마리 휴지를 들고 행정실 친구와 춤을 추었다. 윗분들 옆에서 술을 따른 적도 있었다. 언제부터인가 그런 술 문화가 달라지기 시작했다. 여전히 술을 즐기는 선생님이 간혹 계시지만 요즘은 절대 강요하진 않는다. 여자 교장선생님들도 많아져 회식으로 이탈리안 레스토랑에서 스파게티나 피자를 먹기도 한다. 예전 문화를 그리워하는 분들은 정이 없다고 서운해할지 모르지만 개인 의견을 존중하는 바람직한 변화라고 생각한다.

너무 부끄러운 일인데 발령받고 몇 해 동안 아이들 손바닥을 때린 적이 있다. 그때는 체벌이 당연시되었고, 부모님들이 아이 때렸다는 것으로 민원을 넣는 것을 보지 못했다. 체벌이 법으로 금지되기 전 몇 해 동안 논란이 뜨거웠었다. 아이들을 강압적으로 말을 듣게 한다는 것이 그 때는 왜 당연하게 느껴졌을까? 물론 그렇다고 아이들을 무자비하게 때렸다는 것은 아니다. 하지만 맞은 아이들은 무섭고 아팠을 것이다. 초임 때 우리 반 아이들이 옆 반 남자 선생님께 손바닥 맞는 것만 봐도 내가 다 무서웠는데 말이다.

얼마 전 같은 학년 선생님들과 체벌에 대해 이야기를 나눈 적이 있다. 그 중 한 분이 다니던 중학교와 고등학교가 생긴 지 얼마 되지 않아 이른바 불량 학생들이 많았다고 한다. 선후배 간 학교 폭력은 물론이고 선생님들도 학생들을 엎드리게 한 후 엉덩이를 몽둥이로 때렸단다. 한두 번이 아니라 너무 일상적인 일이었고, 이야기를 들려준 그 선생님도 뺨을 맞은 적이 많았다고 했다. 아직까지도 기억하는 학창 시절의 악몽에도 불구하고 선생님이 될 결심을 했다는 게 대단해 보였다. 동학년 선생님들의 이야기를 듣다 보니 선생님들, 혹은 학생 간의 폭력을 그다지 경험해보지 못한 건 나뿐이었다. 중학교 때는 친구가 맞는 걸 본 적이 있다. 중학교 1학년 때였던가? 도덕 선생님인데도 불구하고 수업 중 턱을 괴는 아이가 있으면 불러내어 뺨을 때렸다. 나는 도덕시간만 되면 팔이 혹시라도 나도 모르게 올라갈까 봐 수업 내용보다 팔 위치에 더 신경이 쓰였다.

중학교 1학년 때 음악 선생님이 성악가이셨는데 〈그네〉나 〈그 집 앞〉과 같은 우리나라 가곡과 함께 〈도레미송〉이나 칸초네canzone를 원어로 가르쳐주시곤 했다. 그 노래들이 너무 좋아 늘 흥얼거리곤 했었다. 선생님의 목소리를 흉내낸 성악가 톤으로 말이다. 어느 날 아침 조회시간이었다. 그때는 당번들이 돌아가면서 교실을 지켰는데 당번이었던 나는 모두가 운동장으로 나간 조용한 교실에서 혼자 가곡 〈그네〉를 부르고 있었다. 한참을 부르는 중에 인기 많던 다른 학년 체육 선생님이 갑자기 우리 교실로 씩씩거리며 들어오더니 때릴 듯이 한손을 들고 나에게 달려들었다. 그때 정말 맞는 줄 알았는데 선생님이 나를 보고 헛웃음만 짓다가 가셨다. 무슨 영문인지 몰라 어리둥절해 하고 있었는데 조회가 끝나고 들어온 친구들이 자초지종을 설명해주었다. 조회대에서 교장선생님이 훈화 말씀을 하던 중 갑자기 음악 소리가 들려 계속 뒤를 돌아보셨다는 거다. 옆에 있는 선생님들께 방송실에 음악이 틀어져 있나 보다고 끄라고 했다. 방송실이 범인이 아님을 알게 된 체육 선생님이 음악 소리의 진원지를 찾아 내가 있는 곳까지 온 것이다. 라디오 틀어 놓은 줄 알았다니. 성악을 했어야 했나?

손바닥을 맞은 적도 있다. 중학교 3학년 담임 선생님이셨던 키가 아주 작고 눈이 컸던 이향화 선생님(그분 성함은 아직도 기억한다.)은 시험 점수에 따라 틀린 개수만큼 우리 손바닥을 때려주셨다. 시험 본 다음 수학시간이면 맞는 게 두려워 엄청 긴장했었는데 그 덕분인지 중학교 2학년부터 3학년까지 다른 과목과 다르게 수학은 제법 잘했다. 평소에는 늘 인자하시고 우리와 친구처럼 대화하길 좋아하던 분이 그때만큼은 이를 악물고 손바닥을 때리셨는데 그 표정이 아직도 생생하다. 하지만 그분을 원망하는 마음이 조금도 없었다. 내 생애에 좋았던 선생님 중 한 분으로 남아 있다. 내가 수학 교사가 되기를 바라셨던 그분이 우리를 사랑한다는 것을 늘 말과 행동으로 보여주셨기 때문이리라. 형편이 어려운 친구들에게 털장갑을 손수 떠 선물하시기도 했다.

　내가 다닌 고등학교는 지금 생각하면 조금 독특했다. '삼현여자고등학교'라는 사립여고였는데 그때는 모두가 우리처럼 고등학생 시절을 보내는 줄 알았다. 내가 다닌 학교가 특별했다는 것을 졸업한 뒤로 새록새록 느끼고 있다.

　나는 중고등학교 다니는 내내 교복을 입어본 적이 없어 동생들이 교복 입을 때 부럽다는 생각을 했다. 교복은 없었지만 우리는 똑같은 가방을 들고 등교했다. 고무인지 비닐인지 가죽인지 모를 초록색 가방이었고, 어깨에 메는 줄이 없이 손으로 검은 플라스틱 손잡이를 들고 다녔다. (내 손가락이 굵어진 건 필시 이 가방을 3년 동안이나 무겁게 들고 다닌 덕분이리라.) 사물함에 책을 놓고 다니던 시절이 아니어서 많은 책들 때문에 늘 무거워 이쪽 저쪽으로 옮겨가며 들었던 기억이 있다. 우리는 그 가방을 '똥가방'이라 불렀다. 우리 후배들은 개량한복을 교복으로 입었다.

　아침시간이면 눈을 감고 듣던 '명상의 시간' 방송은 우리들의 마음을 편안하게 해주었다. '무감독 시험'은 보는 사람 없어도 양심을 지켰을 때의 뿌듯함을 맛보게 했다. 선생님이 시험지를 나눠주고 나가셨는데도 컨닝하는 친구를 보았다는 이는 아무도 없었다. 교내 '무인 매점'에 적자가 난 적이 없고 오히려 돈이 남는다고 했다. 체벌하는 선생님은 한 분도 안 계셨다. 예절교육을 위해 교내 생활관에 입소했던 기억도 생생하다. 한복을 차려 입고 1박 2일 동안 교육을 받았다. 고등학교 시절에 받은 양심교육과 예절교육이 학생들을 양심적이고 예절 바른 사람으로 만들었다고 단정할 수는 없지만 그때의 경험을 통해 올바른 교육에 대한 개념을 조금이나마 가질 수 있게 되었다고 믿는다.

인터넷으로 검색하니 오랜 시간이 흘렀는데도 학교의 양심교육과 교복이 그대로여서 정말 놀랐다. 전통을 지키는 것이 오히려 멋이 된 세상이라 그런지 독특한 명문학교로 알려져 있다. 입시를 앞두고 모두가 조용히 앉아 책장을 넘기던 밤의 교정이 눈에 선하다. 귀뚜라미 우는 소리를 들으며 공부하고, 친구들과 옹기종기 모여 수다 떨던 시절이 그립다. 아직도 그런 학교가 건재하다는 것만으로도 너무 기쁘고 자랑스럽다.

학교 시설이 현대화되고, 업무가 디지털화되고, 교사의 회식 문화가 바뀌고, 학생 수가 줄고, 체벌이 사라지는 등 사회의 발전 속도보다는 느릴지언정 학교는 많은 변화가 있었다. 변하지 않은 게 있다면 교사와 학생의 관계이다. 사제 간의 정은 학교가 존재하는 한 영속할 것이다. 이상적인 학교는 내가 다녔던 고등학교처럼 선생님이 학생을 존중하고, 학생이 선생님을 존경하는 곳이겠지만 그런 환경을 만들기가 쉽지 않다는 것을 안다. 과거 체벌이나 처벌과 같은 공포 분위기로 질서를 지켰다면 이제는 합리적인 시스템으로 질서를 만들어야 할 것이다.

교권이 존중받지 못하고 질서가 무너진 학교는 정글이나 다를 바 없다. 미국처럼 경찰이 상주하지는 않더라도 질서 있고, 교사가 마음껏 교육할 권리가 보장되며, 지켜야 할 규정이 갖추어져 학생들이 자유와 방종을 구분하여 행동하도록 해야 한다. 교사는 전문성을 인정받도록 자기연찬에 매진하고, 부모님은 학교라는 곳에서 자녀가 때로는 어려움도 느끼며 단단해져갈 수 있도록 뒤에서 믿고 바라보는 느긋한 자세를 가지면 좋겠다.

24

나는 언제까지
교사일 수 있을까?

아이들이 나를 싫어하게 되면 교사를 그만두겠다는 생각을 오래전부터 해왔다. 몇 년 전 그 고비가 찾아온 적이 있다. 약한 아이들을 대놓고 괴롭히는 한 남학생이 우리 반에 있었고, 매사에 시니컬한 학생들도 있었다. 그 학년에서 내로라하는 장난꾸러기들이 모여 있었고, 분노조절 장애와 ADHD도 있었다. 반면 너무나 착하고 약해 손길이 많이 필요한 아이들도 몇 명이 있었다. 그러다 보니 아이들은 끼리끼리 어울리고, 서로 간에 물과 기름처럼 어울리지 못하는 면이 있었다. 매일같이 고군분투하며 무사히 한 해를 보내긴 했지만 다시 힘든 아이들을 맡으면 잘해낼 수 있을지 걱정되기도 한다.

젊은 시절, 특히 아이를 낳기 전에는 아이들을 이해하기가 더 어려웠던 것 같다. 아이들을 낳아 키우고 보니 다들 얼마나 소중한 존재인지 알겠다. 어떻게 저런 것도 할 수 있을까, 싶을 때도 있다. 새 학급을 맡을 때마다 올해는 또 어떤 일이 생길까, 하는 막연한 두려움이 없다면 거짓말이다. 설렘과 두려움은 양날의 검이다. 나이가 들수록 학교를 옮기는 것도 두렵다. 낯선 곳, 처음 만난 선생님과 아이들 틈에서 새로 시작하는 생활이 점점 쉽지 않다고 느낀다. 하지만 정작 두려운 건 교사를 그만두는 일인지도 모른다. 평생을 학교에서 지냈다고 해도 과언이 아닐 정도로 나의 삶은 학교 그 자체다. 교사라는 직함을 내려놓은 내 모습이 어떨지, 상상이 잘 안 된다. 하지만 머지 않아 자의든 타의든 그만둘 날이 올 것이다. 가장 좋은 시기에 최선의 결정을 하게 되기를 바랄 뿐이다.

아이들과 부대끼는 교사 일은 건강하지 않으면 감당하기 어렵다. 즐거움과 보람도 있지만 많은 업무로 인한 스트레스와 아이들 간의 감정대립이나 학부모님과의 갈등이 있을 수 있기 때문이다. 내가 하고 싶을 때까지 교사 생활을 하려면 건강이 필수다. 주변에 건강을 잃어 가는 동료 선생님들을 많이 보게 된다. 통풍으로 절뚝이시는 분, 젊은 나이에 암에 걸려 투병하시다가 회복하신 분, 공황장애로 약을 드시는 분, 무릎이 상해 계단을 못 오르내리시는 분도 있다. 교사는 방학이 아니었다면 벌써 여러 병에 걸렸을 정도로 고된 감정 노동을 한다. 어느 직업이든 마찬가지이겠지만 철저한 자기 관리로 스스로 건강을 지켜야 한다.

건강이라면 자신 있어 했던 나는 지난 해 건강검진 결과 십이지장 선종이라는 진단을 받았다. 잘 생기지 않는 부위라는 십이지장에 그냥 두면 암이 될 수 있는 선종이 왜 생겼을까? 생각해 보니 최근 2년 동안 마라탕을 너무 자주 먹었다. 맵고 자극적인 음식들을 무분별하게 맛있다는 이유만으로 먹어온 것이다. 6학년을 4년간 하면서 나도 모르게 스트레스를 받았을 수도 있다. 아니면 그간 벌여 온 수많은 일들 때문에 제대로 쉬지 못해 건강이 나빠졌는지도 모른다. 대학병원에 제출할 소견서를 들고 집에서 가까운 병원에 예약해 진료 후 수술 날짜를 잡았다. 여러 번의 검사와 수술 전 입원으로 금식을 밥 먹듯 했더니 몸무게가 빠지기 시작했다. 수술 후에도 죽을 사흘간 먹었고, 이후로도 한 달 정도는 음식을 조심했다. 간단한 내시경 수술이긴 했지만 혹시라도 수술 부위가 터질까 봐 태권도도 2주 이상 쉬었다.

그 후로도 산부인과와 대장내시경, 그리고 피부과에 다니며 방학을 보냈다. 그동안 돌보지 않았던 건강을 점검하고 쉬는 것이 방학 최대의 과제였던 것이다. 그 덕분에 다음 학기는 건강하게 지냈다.

원래도 건망증이 심했지만 요즘 들어 일 처리가 조금 늦다. 교사는 멀티 플레이어여야 할 때가 많은데 어쩌다 한 번씩 과부하가 되면 순간적으로 두뇌가 멈추는 느낌이 든다. 아이들 이름을 외는 데도 시간이 오래 걸리고 간혹 졸업생이 찾아올 때 이름이 바로 생각나지 않아 미안할 때도 있다. 교사 일을 수행하기 위한 능력이 부족해지면 많은 이들을 위해 교단을 떠나야 할 것이다.

교장선생님이 TV 방송에 나온 소송 당하는 선생님들의 이야기를 메시지로 보내주셔서 영상을 본 선생님들이 몹시 슬퍼한 일이 있었다. 남 일 같지가 않았다. 학부모님과 오해가 생기게 되면 해결이 정말 어렵다. 중재자가 있는 것도 아니고 오롯이 법적인 일들을 교사가 감당해야 한다. 요즘은 교사들을 위한 여러 제도나 보험이 있다고 들었는데 그럼에도 돈과 시간, 무엇보다 아이들의 얼굴을 제대로 볼 수 없는 무력감이 교사를 병들게 한다. 때때로 정말 나쁜 짓을 하는 교사도 있겠지만 억울한 이도 분명 있다.

몇 년 전 퇴임을 앞둔 선생님께 이런 일이 있었다. 음악을 사랑하고 아이들을 정말 위하는 선생님이셔서 학부모들에게 존경받는 선생님이셨다. 퇴임 직전에 교내 챔버 오케스트라 업무를 맡으며 음악 전담교사가 되셨는데 음악 수업 중 바닥에 기어 다니며 장난치는 아이를 일으켜 세우다가 옷이 찢어지는 일이 있었다. 쓰레기통 옆 바닥이 더러워 보여서 선생님이 순간적으로 한 행동이었다. 그런데 그 일로 부모님이 찾아와 그 반 아이들에게 음악 선생님의 나쁜 점을 적으라고 하여 받아 갔다는 것이다. 동료 선생님들은 교장·교감 선생님이 그걸 허용했다는 데 큰 충격을 받았다. 그 일로 너무나 큰 고통을 당하시는 걸 옆에서 지켜본 나와 당시 그 학교 선생님들은 그분의 퇴임식 날 함께 울었다. 명예롭게 정년퇴임을 하셔야 했는데 그때까지도 소송 중이었다. 오랜 공방 끝에 '혐의 없음'으로 판결받았지만 그 일을 지켜보면서 이런 일은 누구에게나 언제든 찾아올 수 있는 것임을 알게 되었다. 부모님 입장에서는 아이가 가장 중요하게 여겨지겠지만 선생님의 상처로 인한 고통이 고스란히 다른 아이들에게 전해져 피해를 입힐 수 있음도 생각해주기를 바란다.

25

부추김의 기술

우리 반 아이들은 대체로 시끄럽다. 아침에 책 읽는 시간을 제외하고 수업시간이 다른 반에 비해 조금 자유롭다. 자신이 할 일을 마친 후에는 친구들의 학습을 도와주거나 책을 읽거나 심지어 삼삼오오 모여 놀기도 한다. 물론 친구들에게 방해되지 않는 범위에서 말이다. 이렇게 자유를 주면 오히려 아이들이 집중해서 과제를 빨리 끝낸다.

아이들에게 발표를 많이 시키는 편인데 월요일은 주말 지낸 이야기를 모두 돌아가면서 한다거나 수업 내용에 대해 앉은 줄대로 혹은 아이스크림 막대에 적은 이름을 뽑기로 발표한다. 자신이 언제 걸릴지 모르기 때문에 항상 준비되어 있어야 한다. 처음에는 부담스러워하는 아이들이 있지만 시간이 지나면 주말이야기가 점점 길어지고 나중에는 손 들고 발표하는 것이 자연스러워진다. 조금은 시끄럽지만 나는 이런 분위기가 좋다. 모둠 활동을 할 때도 노는 아이들이 없이 다 같이 참여한다. 모둠 활동 끝에는 항상 모두 나와 발표를 한다. 학기별로 자신의 장기를 하나씩 살려 발표회도 한다. 이런 자기표현의 시간이 아이들을 성장시킨다고 믿는다.

올해도 여름방학 한 달 전에 매년 학기별 한 번씩 하는 '우리끼리 작은 발표회'를 했다. 처음 하는 거라 뭘 해야 할지 모르겠다며 한참을 고민하는 아이들도, 3주 전 공지하기가 무섭게 신청서를 써서 내고 연습하는 아이들도 있었다. 수업 중 발표를 자주 하지만 굳이 '발표회'라고 이름 붙여 특별한 행사로 만든 이유는 교실의 한 부분이지만 '무대'라는 곳에서 '공연'한다는 약간의 부담감을 주기 위해서이다. 무대를 통해 성장한다는 것을 내가 몸소 체험했기 때문이기도 하다.

옷을 비슷하게 맞춰 입고 온 춤추는 아이들, 아침에 엄마가 해 주셨다고 화장까지 하고 온 아이, 마술도구 상자를 통째로 들고 온 아이, 바이올린을 수시로 갖고 와 연습하던 아이들⋯⋯. 준비하는 자세와 모습은 모두 달랐지만 아이들의 마음속 작은 부담감과 함께 설레는 마음이 점점 커져감을 알 수 있었다.

발표 날 아침, 잠시 연습할 시간을 주고 바로 자리를 정리했다. 책상을 모두 뒤로 밀고 의자만 빼어 관객석을 만들었다. 칠판에 '작은 발표회' 제목을 붙였다가 아이들이 꾸미고 싶다고 해서 한 장씩 나눠 주었더니 열심히 그림을 그리고 색칠을 해가지고 왔다. 이렇게 적극적이고 예쁜 아이들이라니. 발표 내내 아이들은 엄청난 박수와 함성을 보냈다. 친구들이 잘하든 실수하든 앞에 나온 것만으로도 대단한 용기이니 박수를 많이 보내라고 미리 말하긴 했지만 아이들에게서 자연스레 터져나오는 환호를 들으니 가슴이 뭉클했다. 한 명도 빠짐없이 한두 차례 나와 공연한 것을 일일이 영상과 사진으로 남겨두었다가 다음날 저녁까지 편집을 해서 우리 반 자료 공유 사이트에 올렸다. 전체 다 넣기에는 용량이 너무 크고 길어질 것 같아 한 명당 30초 이내로 짧게 편집했다. 자녀의 전체 영상을 원하시는 학부모님께는 따로 보내드렸다.

며칠 후 음악시간에 아이들과 발표회 영상을 보았는데 다시 봐도 너무 재미있었다. 아이들은 자기 모습이 나오면 쑥스러워하면서도 또 보자고 계속 이야기했다. 음악 수업 내용 중에 생상스의 〈동물의 사육제〉가 나와 영상을 보여주다가 작년에 선생님도 이 곡으로 공연했다고 했더니 아이들이 영상을 보여달라고 난리였다. 유튜브 검색창에 '에듀 오케스트라'를 쳐서 그 곡을 연주한 영상을 찾는데 그건 보이지 않고 그날의 앙코르 영상을 누군가 올려놓은 게 있어 아쉬운 대로 그거라도 보여주었더니 진짜 선생님 맞느냐며 우르르 나오더니 나인 걸 확인하고 갑자기 "선생님! 선생님!"을 연호하기 시작했다. 가슴이 쿵쾅거렸다. 아이들과 하나가 되는 느낌이었다. 흥분한 아이들을 가까스로 가라앉히고 수업을 이어나갔다.

아이들은 교사한테서도 배우지만 친구들에게서 더 잘 배운다. 미술시간 스케치북에 그림을 그리면 꼭 며칠 동안 작품을 창틀이나 사물함 위에 세워 아이들이 서로 감상하게 한다. 학습지나 글쓰기도 마찬가지다. 그래서 교실에서 게시할 수 있는 곳은 언제나 아이들 작품으로 가득 차 있다.

수업을 시작하기 전에 아이들에게 왜 이걸 공부하는지를 말해줄 때가 있다. 수업 용어로 '동기유발'이라고 한다. 이런 이야기를 시간을 들여 하고 나면 집중도가 달라져 빠른 시간 안에 수업 목표에 도달한다. 습관적으로 하는 것과 이유를 알고 하는 건 결과에 큰 차이가 있다.

  대학교를 졸업하고 멀리 떠나 산지 오래 되었고, 전화번호도 몇 번 바꾸다 보니 학창 시절 친했던 친구들과 연락이 끊겼다. 그중 유일하게 아직 친하게 지내는 친구가 있다. 고등학교 3년 내내 같은 반이었던 그녀와 기독교 중창단 활동을 하면서 친해졌다. 대학교 졸업할 때쯤 친구를 교회 오빠에게 소개했는데 만난 지 얼마 안 되어 결혼했다. 내가 성사시킨 유일한 커플이다. 남편인 교회 오빠가 성악가 출신에 교회 성가대 지휘를 오래 해서인지 아니면 내가 바이올린을 배우고 있어서인지는 모르지만 언제부턴가 친구도 바이올린을 배웠다. 바이올린 사러 대전 왔을 때 같이 가서 골라주기도 했다. 친구가 일이 많은 학교의 영양교사로 있을 때는 바이올린을 할 엄두도 내지 못하다가 얼마 전부터 다시 시작했다. 아마추어 오케스트라에 들어갈 기회가 있었던 것이다. 다시 레슨을 받고 집에서 연습도 많이 하면서 바이올린의 재미를 되찾았다. 친구가 보낸 악보를 보고 오케스트라 곡인 〈춤의 왕The Lord of the dance〉이나 림스키 코르사코프의 〈스페인 기상곡Capriccio Espagnol〉 세컨 파트를 녹음해서 보내주기도 했다. 내가 좋아하는 바이올린을 친구도 배우고 오케스트라 활동하는 것이 왠지 든든하다.

　내가 일상에서도 동기 유발을 할 때가 있음을 알게 된 일이 있다. 차 안에서 딸과 영어공부에 대한 이야기를 하고 있었다. 딸은 방학 동안 너무 많이 놀았다는 것에 대해 자책 아닌 자책을 하고 있었다. 나는 그런 시간이 얼마나 중요한지 말해주었다. 이제 개학하면 얼마나 빠른 속도로 뒤도 돌아보지 않고 달려야 하는지 말이다. 충전의 시간은 누구에게나 필요하다. 그럼에도 영어 공부는 열심히 했으면 했다. 나도 영어를 열심히 공부했던 때가 있었으므로 공부 비결에 대해 이야기했다. 딸이 내리면서 "엄마랑 이야기하면 막 무언가 하고 싶어져."라고 했다. 나에게 그런 면이 있었나? 혹시 그런 것 때문에 학급 아이들도 무엇이든 열심히 하는 것일까?

　나에게는 정말 부족한 점이 많다. 누구보다 내가 잘 알고 있다. 만약 다른 이를 자극하는 힘이 나에게 조금이라도 있다면 감사할 일이다. 나로 인해 한 사람이 책을 읽고, 악기를 시작하고, 운동을 하게 된다면, 그로 인해 그 사람의 삶이 조금이나마 더 풍요로워진다면 그보다 값진 일이 또 있을까 싶다. 못하는 편집 기술로 유튜브에 꾸역꾸역 책 리뷰를 올리는 이유이기도 하다. 누군가 지나가다 듣고 이 책 한 번 읽어볼까, 하는 마음이 든다면 그보다 기쁜 일이 없을 것 같다.

사실 이게 전부다. 내가 좋아하는 것에만 열심을 쏟기 때문이다. 관심 없는 분야는 거의 문외한이다. 선택과 집중. 말 뿐인 권유나 실천 없는 독려는 힘을 잃기 마련이니 나부터 노력해야지. 앞으로도 나의 선동질은 계속될 것이다. 꼰대의 잔소리로 느껴지지 않도록 조심 또 조심해야겠다. 나의 선동에 넘어간 나의 제자들과 친구들이여, 그로 인해 보다 나은 삶을 살고 있기를……

26

미래에도
학교가 있을까?

그동안 학교는 많은 변화를 거듭해왔다. 조선시대 서당을 비롯해 한국전쟁 때는 천막 학교도 있었고, 학교가 부족했던 시절에는 오전과 오후반으로 나눠 2부제 수업을 하기도 했다. 한 반 학생수가 60명이 넘었던 적도 있지만 지금은 30명 내외로, 어떤 곳은 20명 초중반으로 줄어들었다. 찾아보니 2022년 9월 기준 내가 속한 경기도와 제주시의 학급당 학생 수가 가장 많았다.(국가통계포털KOSIS) 코로나로 시작된 온라인수업이 앞으로도 계속 이어질 거라 생각했지만 오프라인으로 다시 안정적으로 돌아왔다. 미래에는 AI 교사가 수업하는 날이 올까? 의자와 책상이 있는 교실이 꽤 오랫동안 유지되어 왔다. 최근 십 수 년 간 달라진 것이라면 교실마다 컴퓨터와 대형 TV가 있다는 정도일 것이다. 태블 릿을 사용하는 것도 큰 변화다.

며칠 전 연주회 연습으로 예전에 근무했던 학교에 방문할 일이 있었다. 함께 연주하는 분이 그 학교에 교장으로 계셨다. 그 학교를 떠나온 후 처음 들어간 길이었지만 주차장과 건물 배치가 익숙했다. 처음 그곳에 발령받아 갔을 때 오래 된 건물을 보고 놀란 기억이 난다. 15년이 지났지만 여전히 오래된 본관 건물을 사용하고 있었다. 그전에는 몰랐는데 이후 새로 지은 학교 두 군데에서 근무를 하다 보니 그 학교 건물이 얼마나 낡았는지 알 수 있었다. 내가 있는 동안 개교 100주년 기념관을 만들었으니 지금은 110년이 넘었다. 전에는 40학급이 넘는 대형 학교였으나 지금은 19학급으로 줄어 있다.

건물이 한 번에 지어지지 않고 필요에 따라 하나씩 추가되어 본관 건물과 체육관, 새로 지은 신관과 유치원이 모두 분리되어 있다. 당시에는 비가 오면 신관에서 본관으로 이동할 때 우산을 써야 했지만 지금은 3층에 연결 통로가 만들어져 있다. 교장선생님은 학교 곳곳 리모델링 공사로 방학임에도 연일 바쁘게 지내고 계셨다. 1학년 교실에 잠깐 들어갔더니 교실 안에 개수대가 있고, 칠판도 디지털로 바꾸었다. 화려한 인테리어에 놀라기도 했지만 그럼에도 새로 지은 교실보다 훨씬 낮은 천장과 거의 20년이 넘었을 법한 온열기가 건물의 나이를 짐작하게 했다. 그날따라 날씨가 춥기도 했지만 오래전에 지은 건물이라 그런지 외풍이 더 세게 느껴졌다. 아파트도 30년이 넘어가면 재건축을 하는데 학교는 어떤지 궁금해 찾아보니 인천이나 서울 지역에는 오래된 학교들이 많아 재건축이나 리모델링이 활발히 진행 중이었고 그로 인한 학생들의 통학 위험이나 소음 문제가 발생하고 있었다. 그걸 보니 완전히 허물고 새로 짓는 것은 최후의 수단이 아닐까 하는 생각을 하게 된다. 학생 수가 점점 줄어드는 학교일지라도 어느 한 곳 부족한 시설이 없도록 돌봐야할 것이다.

이번에 함께 같은 학교에 내신을 냈다가 만기가 안 된 나는 있던 학교에 남고 한 분은 그 학교로 발령을 받았다. 고양시에서 10년을 근무하면 다른 시로 가야 하는데 남고 싶으면 관내 험지에서 근무해야 한다. 그러면 다른 시에 다녀온 것과 같이 다시 10년을 있을 수 있다. 처음에는 원하던 바가 이루어지지 않아 실망했는데 이후 그 선생님을 잠깐 만나고 나서 생각을 바꾸었다. 건물도 낡았지만 모든 시스템이 과거에서 아직 벗어나지 못했다는 것이다. 아마도 비숫한 예산에 리모델링이나 건물 유지보수 비용이 많이 드는 학교는 학생들에게 돌아갈 혜택이 적을 수밖에 없기도 하겠지만 모든 것을 교사의 자율에 맡기고 넉넉한 예산으로 마음껏 지원해주던 학교를 떠나 낡은 시스템에 적응하려니 어려운 점이 많았을 것 같다. 공립학교라고 모두 같을 수는 없겠지만 선생님들에게도 아이들에게도 조금 더 나은 학교가 있을 수 있다. 그래서 학년말이 되면 선생님들의 눈치작전이 시작된다. 규모가 작은 학교는 선생님들의 업무가 많다. 학급 수에 따른 행정보조 인원 수 차이도 있겠지만 똑같이 쏟아지는 공문을 큰 학교에서는 나누어 맡을 수 있기 때문에 상대적으로 업무가 적다. 그래서 선생님들은 되도록 큰 학교에 가고 싶어 한다. 일이 많으면 학급 아이들에게 소홀해질 수 있으니까.

신도시를 제외하고는 학생 수가 점점 줄어드는 추세다. 아동 인구 감소로 인해 한동안 반짝 인기를 끌었던 교대도 입학생이 줄었다. 우리 학교도 얼마 전까지 두 분의 교감선생님이 계시고 10개 학급의 학생이 입학을 했지만 지금은 학년 당 6~7개 학급으로 줄었다. 학급 수가 줄어 좋은 점은 유휴 교실을 다양하게 활용할 수 있다는 것이다. 예를 들면 과목별 방과후 교실을 전용으로 사용하게 된다거나 학생 자치회실이나 탁구실과 같은 특별한 용도의 교실을 만들 수 있다. 과거에 교실이 부족해 더 지었을 우리 학교의 북향 교실들이 올해 이런 교실로 바뀌었다.

아침에 신문에서 서울 광진구에 있던 화양초등학교가 학생 수 감소로 폐교를 발표했다는 사진 기사를 보았다.(한국일보 2023.2.21.화) 앞으로 이렇게 없어지는 학교가 얼마나 많을까? 학급 수가 줄어드는 것을 막기 위해 학급당 인원수를 줄이는 방법도 있겠지만 결국 통폐합이 되거나 폐교되는 곳이 있을 수밖에 없다.

얼마 전 어머니 생신에 동생들 가족과 함께 만났다가 나와 두 남동생이 졸업한 진주 봉곡초등학교가 아직도 있는데 예전에 비해 규모는 줄어서 지금은 전체 11학급이라는 얘기를 들었다. 내가 다닐 때만 해도 학년 당 6~7개 반의 제법 큰 학교였던 것으로 기억하는데 도심 공동화 현상 때문인지 학생 수는 줄었지만 학교가 아직 건재하다는 사실만으로도 위안이 되었다. 없어지지 않았으면 하는 생각에 이제라도 자주 찾아보고 조금이나마 후원금이라도 내고 싶은 마음이 들었다. 지금 내가 근무하는 학교에서 졸업한 분들이 재학생 후배들에게 장학금을 주는 것이 바로 그런 이유일 것 같다.

AI 교사가 아이들을 가르치게 되고 집에서 온라인으로 공부할 수 있으니 학교도 교사도 없어질 거라는 말이 있다. 실제로 온라인 수업을 해보니 좋은 점도 있었지만 아이들의 사회성 발달이나 가정의 상황을 고려할 때 학교는 앞으로도 없어지지는 않을 것 같다. 하지만 인구 감소로 어떤 학교는 남겨지고 어떤 학교는 역사 속으로 사라져갈 것이다. 시작이 있으면 끝도 있는 법이라지만 졸업한 학교가 없어지면 왠지 쓸쓸할 것 같다. 미래에도 변함없이 건재하는 학교이려면 학교의 무엇이 변해야 하는지 진지하게 논의해볼 필요가 있다. 더 늦기 전에.

27

학교폭력 업무요?
제가요?

절대 맡고 싶지 않았던 업무, 학교폭력 담당이 되었다. 담당교사 연수를 받고 업무 인수인계를 받을 때만 해도 두려움과 부담감에 몸과 마음이 떨렸다. 내가 학교폭력 담당이 되었다고 하니 주변 선생님들도 "세상에, 어째요?" 하며 걱정해준다.

한 학기를 보낸 지금, 함께하는 선생님들 덕분에 아직까지는 할 만하다.

"나는 운동을 너무 못하는 것 같아요. 줄넘기도 못해요."

"괜찮아요. 지금은 잘 못해도 노력하면 잘할 수 있어요."

"아니에요. 애기 때부터 열심히 노력했는데 오히려 점점 더 못해요."

아이들과 이런 대화를 할 때가 있다. 자존감이 부족한 아이들은 시도해보지도 않고 지레 포기하는 경우가 많다. 이런 아이들은 남이 조금만 싫은 소리를 해도 과하게 상처받는다. 반복되는 이야기이지만 ADHD 중에 이런 아이들이 많다. 여러 가지 이유로 친구들에 비해 자신이 부족하다는 생각을 갖고 있기 때문일 것이다. 부모님에 따라 교사의 검사 제안을 대부분은 수용하지만 망설이는 분도 있다. 바로 조치하는 경우 아이들은 빠르게 좋아진다. 그렇지 않은 경우 몇 년 고생하다가 결국 '나쁜 아이'로 낙인 찍힌 후에야 전문가를 찾기도 한다. 솔직히 말하면 초반에 적극적으로 치료받게 하는 부모님께 교사는 너무 감사한 마음이 든다. 한 아이의 바르지 못한 행동이 학급에 미치는 영향이 너무나 크기 때문이다. '원래는 착한 아이'가 별 의도 없이 하는 행동이라 해도, 그런 행동이 반복되면 옆에 있는 어린 친구들이 계속 참고 받아주기가 어렵다. 그건 아이들에게 너무 큰 희생이다.

학교폭력도 알고 보면 마음이 아픈 아이들에게서 많이

일어난다. 자신보다 못하다는 생각으로 특정 학생을 지속적으로 괴롭히는가 하면, 마음 의지할 데가 없어 일찍부터 이성 친구에게 빠지는 경우도 있고, 남이 나를 괴롭힌다는 피해의식에 사로잡혀 유난히 예민한 아이도 있다. 학교폭력 담당교사는 아침마다 '오늘도 무사히'를 외치며 기도하는 마음으로 출근한다. 바쁜 학교 일과 중에 학교폭력 사건이 터지면 교사는 경찰인 양 아이들을 일일이 불러 조사하고, 부모님께 연락하고, 절차에 따라 수많은 공문을 만들어 교육청으로 보내고, 내려진 조치에 따라 부모님과 아이들을 교육하고 봉사하게 한다. 쉬는 시간 틈틈이, 때로는 방과후에 일을 처리하며 머리를 쥐어뜯는다. 그나마 순조롭게 일이 진행되는 경우도 있지만, 어떤 경우 법정 다툼이나 학교 간 사건으로 번지기도 하고, 담당교사에 대한 폭언이나 보복이 발생하기도 한다. 학교에서 우리 반 교실전화기에 통화녹음기를 설치해주어 내가 학교폭력 담당교사라는 게 실감이 났다.

학교폭력 업무를 오래 맡으셨던 선생님들과 이야기하다 보면 자신이 경찰처럼 느껴질 때가 있다고 하는 말을 듣는다. 웃고 넘기지만 결코 웃을 수만은 없는 이야기이다. 예전에 비해 교사에게 요구되는 일들이 점점 많아진다는 생각이 든다. 방과후 돌봄 교실도 오랫동안 교사의 몫이었고, 학교폭력도 일선 교사가 수업해가며 처리하기에는 버거운 업무이다. 예전에 비해 일부 중차대한 사건을 교육청으로 이관해 진행하면서 학교가 수고를 덜긴 했다. 하지만 학교폭력 예방 교육, 사안 조사, 그리고 사후 지도까지 여전히 교사가 해야 한다. 경찰이나 관련 전문가가 업무를 맡았으면, 하는 생각을 할 때가 있다.

사실 다른 이가 볼 때는 별 것 아닌 것 같은 일도 자신의 아이가 당했다고 생각하면 너무나 크게 다가오기 때문에 어떤 사안이든 작게 볼 수가 없다. 특히 성과 관련된 일은 무조건 경찰에 신고부터 해야 하는 중차대한 일로 친다. 그동안 학교폭력을 방지하기 위해 수많은 교육을 실시했건만 문제는 줄지 않는다. 아이들에게 친구 몸을 만지지 말라고 하는 말은 아무리 많이 해도 지나침이 없다. 누군가의 몸을 장난으로 만지기만 해도 바로 성추행이 될 수 있다.

담당교사로서 사건들을 접하면서 초반에 제대로 사과하고 개선 노력을 했으면 이렇게까지는 안 되었을 텐데, 하는 안타까움을 느낄 때가 많았다. 실제로 개구쟁이가 정말 많았던 반 아이들이 학교폭력 사건으로 신고되었다가 아이들이 사과하여 바로 해결된 경우도 있다. 현장학습 다녀와 들

뜬 아이들이 우루루 몰려 다니다 후배를 위협했다는 오해를 받은 일이 있었다. 주변 CCTV까지 돌려보며 자세히 조사했지만 결국 아이들이 한 일이 고의가 아니었음을 이해한 피해자 아이가 형들의 진심어린 사과를 받고 용서해주었다.

아이들의 사건이 처리되는 과정에는 부모님의 태도도 큰 영향을 미친다. 섣부른 사과편지가 오히려 발목을 잡는 경우가 있고, 문자 메시지나 통화 기록도 꼬투리가 된다. 그럼에도 진심은 통한다고 믿는다. 진심 어린 사과와 재발 방지 약속, 그리고 실제적인 노력으로 '학교폭력 가해자'가 되는 걸 피할 수 있다. 하지만 사람이 살아가면서 뜻대로 되지 않을 때가 얼마나 많은가? 학교 폭력을 비롯한 여러 사건·사고가 내 자녀에게 일어나지 말라는 법은 없다. 내 자녀가 억울한 가해자가 되지 않을 것이라는 보장도 없다.

내가 하는 학교폭력 업무는 아이들의 안전을 지키기 위한 최소한의 장치일 것이다. 나쁜 짓을 하려다가도 '학교폭력 가해자'라는 오명을 쓸 수는 없다는 생각에 마음을 바꾸는 학생이 있을지도 모르기 때문이다. 쓰다 보니 학교폭력 업무가 굉장히 소중하게 느껴진다. 얼마 전 읽은 『형사 박미옥』에서 여형사 박미옥 님이 33년 동안 온갖 범죄자들을 밤낮 없이 잡으러 다닌 이야기에 감명 받았다. 그에 비하면

이 정도 업무로 불평할 게 아니란 생각이 든다. (글쓰기란 좋은 것.)

내가 근무하는 고양시에는 '고양 학생 1000인 음악회'가 매년 열리고 있다. 2018년 처음 시작한 해부터 교사 지원단으로 쭉 활동해오고 있다. 첫 해 '천 개의 고원에 천 개의 길을 여는 교육 지향'이라는 취지로 용재오닐과 디토 멤버가 참가한 감동의 무대 이후 코로나의 여파로 취소된 적도 있고, 규모가 줄긴 했지만 올해도 어김없이 행사를 준비하며 땀 흘리고 있다. 학교에서 단체로 참가 신청을 하기도 하고 관악부가 있는 신일중학교 아이들이 대거 참가하기도 하지만 매년 신청자를 받아 오디션을 거쳐 무대에 설 아이들을 뽑는다. 합격자들의 자부심이 대단하다. 올해는 고양예술 고등학교 학생들도 참가하게 되어 그 학교에 오디션 심사를 갔다가 담당 선생님께 이런 말을 들었다.

"우리 학교 아이들이 줄곧 음악이나 예술 활동을 해서인지 무척 순수하고 착해요."

생각해보니 교사 오케스트라 연습 장소라 자주 접하는 신일중학교 관악부 아이들 역시 정말 순수하고 열정적이다. 예고나 관악부 아이들 사이에도 학교폭력 사건이 일어나는지 모르지만 일반 아이들에 비하면 적지 않을까 싶다. 주변에 악기 하는 아이들을 보면 정말 듬직하다. 매사에 열심이다. 학교폭력을 예방하기 위해 강의나 사전교육을 하는 것도 좋지만 학교나 교육청 차원에서 예술교육을 강화하는 것 또한 좋은 예방법이 아닐까 한다.

4악장°

변치 않는 마음으로
새로워지기

Vivace

28

문득 떠나기

여행. 참 설레는 단어가 아닐 수 없다.

작년 여름, 개학을 이틀 앞두고 출근을 했다. 방학 동안 먼지 앉은 교실을 정리하고, 2학기 교과서를 나누고, 새 학기 계획에 대해 의논하기 위해서였다. 평소보다 느지막이 가서 아이들의 책상과 의자를 정렬하고 닦았다. 교과서와 학습준비물을 나누고 박스와 쓰레기를 버린 후 교실에 앉아 개학날 수업 준비를 했다. 모든 일을 오전 중에 끝내고 함께 점심을 먹고 일찍 퇴근하기로 해서 우리는 서둘러 교실을 정리한 후 학교 앞 중국집에 갔다. 새 학기 즐겁게 근무하자고 의기투합하고 카페에서 방학 중 겪은 코로나 경험담을 나누며 하하호호거렸다. 나 외에도 두 분이 방학 중

코로나를 겪으셨는데 증상이 모두 달라 신기해했다. 아쉬운 발걸음으로 헤어지려는데 학년부장 선생님이 하루 남은 방학 잘 보내라는 의미로 한마디 하셨다.

"2박 3일 같은 수요일 보내시고 목요일에 뵐게요."

집에 돌아와 개학을 위해 오래 망설이던 펌을 하러 갔다. 내 머리카락은 펌을 하면 말았던 롤 모양 그대로 나오는 편이어서 항상 굵게 말아 달라고 하는데도 늘 얇은 걸로 말아주어 망치곤 했는데 이번에는 일반 펌으로 엄청 굵게 만 머리가 정말 잘 나와서 기분이 좋았다. 머리를 하고 책을 잔뜩 넣은 배낭 그대로 자주 가는 집 앞 스터디 카페로 향했다. 중국 요릿집에 대한 재미나는 소설을 읽는데 부장님 말씀이 자꾸 머릿속에 맴돌았다. 갑자기 제주 사려니 숲길을 걷고 싶다는 생각이 머리를 스쳤다. 바로 제주항공 홈페이지에 들어가 다음날 항공권을 검색해 보았다. 새벽 6시 15분에 출발하고 저녁 9시 5분에 돌아오는 비행기가 가장 저렴했다. 2학기 아이들과 행복한 고군분투할 나를 위한 선물이라 생각하며 바로 결제 버튼을 눌렀다. 다음날 나는 펌으로 부스스한 머리를 휘날리며 함박웃음으로 사려니를 걸었다.

제주는 가끔 혼자 2박 3일 정도로 다녀오곤 했는데 그때마다 사려니 숲길을 찾았다. 경사가 낮고 나무 그늘이 있으며 무엇보다 끝에서 끝까지 통과하는 성취감이 있기 때문에 올레길보다 사려니를 좋아한다. 이번에도 아침에 제주에 도착하면 바로 사려니로 가서 통과한 후 시내에 들렀다가 비행기를 탈 예정이었다. 사려니는 오후 늦게 가면 안 된다. 잠깐 들어가다가 나오는 것이면 괜찮은데 통과하려면 세 시간 반 정도 걸리고 오후 늦게는 사람들이 거의 다니지 않아 위험할 수도 있다. 언젠가 그걸 모르고 오후에 들어갔다가 4시가 넘어서자 사람은 없고, 곳곳에서 노루가 출몰하고, 해는 일찍 지려 해 무서웠던 경험이 있다. 그다음부터는 꼭 오전에 간다.

그전에 왔을 때 길 끝 안내소 앞에 있던 '사려니숲길 입구'라는 표지가 보여 얼른 내렸다. 늘 붉은오름에서 출발해 이쪽으로 나왔는데 이번에는 반대로 가보고 싶다는 생각을 하던 차여서 정류장이 반가웠다. 사람들 몇이 있었다. 안쪽에 화장실이 몇 개 없음을 알고 있기에 일단 화장실부터 들렀다가 가벼운 발걸음으로 숲길에 들어섰다. 바로 이거다. 시원한 나무 그늘에서 듣는 바람소리와 새소리는 예술의전당에서 듣는 멋진 아리아와 견줄 만큼 심장이 간질간질한 감동을 주었다. 천국이 이런 느낌이 아닐까? 쉴까 하다가 계속 조금만 더 가서, 하는 생각으로 걷다가 거의 중간에 다

와서야 벤치에 앉았다. 고속도로를 달리던 차가 엔진을 식히기 위해 휴게소에 들르는 느낌이었지만 사실 목도 마르지 않았고, 다리가 아프지도 않았다. 신기하게도 너무 빨리 중간까지 도착했다.

숲길에 들어섰을 때는 '악, 악' 하던 새들이 많았는데 중간쯤에는 '트윗, 트윗'하는 새소리가 들렸다. 한참을 더 가니 다시 '악, 악'하는 새가 다시 등장했는데 한 마리는 가래

끓는 소리를 내서 너무 웃겼다. 새들도 가래가 생기는 것일까? 노루도 한 마리 만났다. 오래전 해질녘 인적이 드물던 때는 여러 마리 보았는데 이번에는 딱 한 마리만 가까이에서 보았다.

태권도를 해서 그런지 다리가 한결 덜 아팠다. 처음에 들리던 새소리, 바람소리도 중반 이후에는 별로 들리지 않았다. 한 걸음 한 걸음 걷는 데만 집중했다. 쉬지 않고 끝까지 갈까 하다가 배낭을 멘 어깨가 아파 잠깐 앉았다. 붉은오름으로 갈수록 사람들이 점점 많아졌다. 휴양지 패션에 슬리퍼를 신은 분도 있었다. 숲길에 작은 돌이 많은데 사려니를 통과하려면 발이 많이 불편할 것 같아 괜히 걱정이 되었다.

붉은오름에 도착한 시간은 1시 16분. 쉰 시간을 제외하고 딱 2시간 30분이 걸렸다. 처음 사려니 갔을 때는 샛길도 기웃거리고 천천히 걷고 많이 쉬어서인지 3시간 반이 걸렸는데 시간이 점점 단축된다. 다음에는 2시간 30분 벽을 깰 수 있을까? 상습적이고도 쓸데없는 나의 도전의식.

한번은 남편과 함께 제주 여행을 했는데 사려니가 목표였음에도 가지 못한 채로 돌아왔다. 겨울이었고, 산 중턱 이상은 눈이 펑펑 내려 나니아가 되어 있었다. 우리는 버스로 입구 근처까지 갔지만 입산 금지라 아쉬움을 뒤로 하고 돌아 내려와야 했다.

이번 여름, 남편과 다시 제주여행을 가 그때 가지 못한 사려니에 들렀다. 처음 들어갈 때만 해도 날씨가 화창했는데 조금 걷다 보니 멀리에서부터 우레 소리가 들리기 시작했다. 햇살도 있는데 웬 우레 소리인가 했더니 하늘이 점점 흐려지다 빗방울이 조금씩 떨어졌다. 무성한 나뭇잎이 비를 가려주어 걷는 땅은 젖지 않았는데 물찻오름을 지나 정자에 잠깐 앉아 쉴 때부터는 빗방울이 제법 굵어졌다. 그치기를 마냥 기다릴 수 없어 우리는 다시 출발했다. 조금 걷다 보니 비가 세차게 쏟아지기 시작했다. 천둥소리도 들렸다. 처음에는 핸드폰이 젖을까 걱정하며 최대한 나뭇잎 아래로 걸었지만 10분쯤 지나니 신발 안까지 물이 들어와 질퍽거렸다. 아까 그 정자로 돌아가 비를 피할까, 하는 생각도 했는데 쉽게 그칠 비가 아닌 것 같아 그냥 가기로 했다. 나중에는 남편 가방에 핸드폰을 넣고 아무 생각 없이 물웅덩이를 철벅이며 걸었다. 온몸이 흠뻑 젖고 나니 아까의 걱정은 사라지고 오히려 시원하고 기분이 좋았다. 말할 때마다 빗방울이 입 안으로 들어가는데도 우리는 이런 비를 언제 또 맞아보겠느냐며 연신 깔깔댔다. 아름다운 폭풍우 속 사려니를 사진에 담지 못한 게 아쉬울 뿐이었다. 한 시간 남짓 걸었을까? 아직 멀었겠거니 했는데 벌써 입구가 보였다. 비는 더 세차지고 귓전을 때리는 천둥소리에 번개까지 쳐서 소스라치게 놀랐다.

화장실에 들어가 흠씬 젖은 옷을 손으로 짜서 물기를 털어내고 다시 입었다. 머리는 휴지로 대충 닦은 후 운동화 속 흙탕물을 물로 씻었다. 흙이 많이 묻은 양말을 버리고 신발을 신었더니 철벅거려 거꾸로 들고 물을 좀 뺀 후 다시 신었다. 원래는 버스를 타고 오는 길에 시청 부근에서 점심을 먹고 호텔로 돌아갈 생각이었지만 계속 거센 비가 내려 버스를 기다릴 상황도 아니고 물에 빠진 생쥐 꼴로 식당에 들어갈 수도 없어 택시를 타고 바로 호텔로 갔다. 비에 쫄딱 젖은 우리를 태워주신 기사님께 감사했다. 택시에서 보니 비가 45도 각도로 연신 쏟아졌고 길에 물웅덩이도 많았는데 호텔에 가까워지자 언제 그랬냐는 듯 햇살이 반겼다. 비를 한 시간 동안 흠뻑 맞고 하루 종일 이만 보 넘게 걸으며 다리는 피곤했지만 제주 산간지역의 변화무쌍한 날씨를 경험한 잊지 못할 하루였다. 내 생애 동안 한 시간 넘게 폭우를 맞으며 산길을 걸을 날이 또 있을까?

아이들이 좀 컸을 때 혼자 대마도에 다녀왔다. 부산에서 페리(찾아보니 현재는 페리는 없고 여객선만 운행 중이다)를 탔다. 잠깐 사이에 완전 다른 세상이 펼쳐지는 것이 신기했다. 우리말이 전혀 통하지 않는 그야말로 외국이지만 아담한 어촌 마을은 우리나라 시골 풍경과 그리 다르지 않았다. 히타카츠의 고즈넉한 바닷가 시골 마을 풍경과 길가에 줄지어선 반가운 무궁화나무들, 버스를 타고 도착한 이즈하라의 습기 가득한 울창한 숲, 자전거 타고 지나가던 한 수줍은 청년이 준 음료수, 엄청난 회전속도로 물을 털어내던 오징어 말리는 기계, 발바닥으로 골목골목 누비며 본 순박하고 작은 집들이 좋은 기억으로 남았다. 그 후에 혼자 교토에도 다녀왔다. 온천이 있는 교통 편리한 여성 전용 캡슐 호텔에서 묵었다. 호텔을 기점으로 하루씩 동서남북을 온 발바닥으로 밟으며 익명으로 누리는 자유와 이국의 신비스런 문화를 눈과 귀와 코와 입과 마음으로 즐겼다. 밤이면 호텔 지하 온천에서 오랜 도보로 너덜너덜해진 몸을 풀었다.

책을 읽다 말고 혼자 운전해서 양구에 갔던 적도 있다. 김형석·안병욱 철학의 집과 박수근 미술관에 들렀다가 막국수를 먹고 왔다. 6학년 교과서에 나오는 수원 화성에 훌쩍 가서 한 바퀴 돌고 온 적도 있다. 생각해 보니 영화 〈곡성〉을 보고 혼자 곡성까지 차로 달려가기도 했구나. 이번 여름에는 혼자 강원도 고성에 다녀왔다. 유튜브를 보다가 우연히 '워케이션-일^{work}과 휴가^{vacation}를 함께'하는 곳이 있음을 알고 여성 전용 도미토리(한 방에 네 명의 침대가 있는 방)로 바로 예약했다. 마음껏 책 읽고 글을 쓸 수 있는 사무실을 아무 때나 이용할 수 있었고, 바로 앞에 내가 좋아하는 고즈넉한 바다가 펼쳐진 환상적인 곳이었다. 앞으로도 사려니처럼 생각나면 훌쩍 다녀올 것 같은 예감이다.

계획 없던 깜짝 여행은 삶에 활력을 준다. 그렇게 다녀온 여행은 오래 기억에 남는다. 여행 가기 전과 후의 나는 분명 조금은 달라져 있겠지. 다음 깜짝 여행지가 어디일지 궁금하다.

29

때로 요리를 한다

평생을 아이들과 고군분투한 교사들이 연금을 오래 받지 못하고 일찍 사망한다는 이야기를 들었다. 마른 분필로 칠판에 글씨를 쓰던 시절 분필 가루 때문에 폐가 나빠진다는 말은 들은 적이 있으나 요즘 시대에 무슨 일로 교사의 수명이 짧은 것일까 의아했다. 그리고 보면 주변에 여러 병으로 고생하시는 선생님들이 많다. 특히 승진 준비로 몸을 혹사하거나 가정에 소홀한 분들도 있다. 교직이 아이들과 학부모라는 고객을 대하는 서비스업이라고 생각하면 스트레스를 많이 받는 게 당연한 것 같다. 요즘 아이들은 예전 같지 않게 개성도 강하고 다들 귀하게 자라 예전만큼 교사의 권위가 통하지 않는다.

작년, 같은 학년 선생님 한 분은 갑자기 통풍으로 다리를 절룩이며 다니셨다. 식습관을 조정하고 약을 복용하며 호전되는가 싶더니 간혹 재발했다. 교사 생활 초반에 내 또래의 동료 선생님이 방광염에 걸려 걱정했던 적이 있다. 저학년 담임이어서 아이들이 수시로 선생님을 찾기도 하고 업무가 너무 많아 화장실에 제때 가지 못해 생긴 병이라고 했다. 오랜 지인 중에는 유방암을 앓은 분도 있고, 공황장애로 고생한 분도 있다. 늘 앉아 일하거나 계속 서서 수업을 하는 선생님들 중에는 허리가 안 좋은 분들도 많다. 물론 교사만 그런 것은 아니고 세상엔 다양한 직업병이 존재한다.

　건강을 자신하던 나도 십이지장 선종 진단을 받고 방학 중에 수술을 했다. 수술 전후 물 한 모금 못 마시는 금식이 정말 힘들었는데 퇴원 후에도 삼일 동안은 죽만 먹으라고 해서 사 먹을까 하다가 갑자기 요리 욕구가 샘솟아 계속 죽을 만들어 먹었다. 냉장고 비우기 작전으로 냉동실에서 잠자던 닭 안심을 이용해 닭죽을 끓였다. 끓는 물에 닭 안심과 물에 잠깐 담근 찹쌀 그리고 깐녹두를 조금 넣고 계속 끓이기만 하면 된다. 원래 삼계탕 재료나 깐마늘을 넣고 끓이는데 재료가 없어 간단하게 했는데도 입맛 까다로운 막내가 맛있게 먹었다. 다음에는 어느 책에서 본 대로 새우젓죽을 끓였다. 새우젓과 마늘을 참기름에 볶다가 밥을 넣고 끓인 후 계란을 풀면 끝이다. 새우젓이 짭짤해 먹을 만했다. 감자 수프도 끓였다. 채 썬 양파를 버터에 볶다가 저민 감자를 넣고 푹 끓인 후 잠깐 식혀 믹서로 갈아 생크림이나 우유를 넣고 끓이다 치즈를 빠트리면 되는 간단한 레시피인데 맛이 좋았다. 호박죽도 만들었다. 단호박을 물과 함께 갈고 찹쌀을 넣어 푹 끓인 후 설탕과 소금으로 간했다. 호박죽은 식으면 더 맛있다.

죽을 끓여 먹다 요리에 불이 붙어 유튜브에서 본 '짜글이'라는 요리도 했다. 양파와 감자를 썰고 돼지고기에 된장과 고추장, 간장을 섞은 양념을 넣어 볶다가 물을 붓고 자글자글 끓이면 되는 간단한 요리였는데 생각보다 맛이 좋았다. 죽만 먹다 처음으로 짜글이와 함께 밥을 먹으니 죽다 살아난 것처럼 힘이 났다. 외식이나 포장 음식을 즐기던 내가 계속 요리를 하고 있으니 가족들도 좋아했다. 앞으로는 조금 귀찮더라도 간단하게나마 음식을 직접 만들어 먹어야겠다고 생각했다. 병원 신세를 진 건 힘들었지만 덕분에 긍정적인 변화가 생긴 셈이다.

교사들은 학기 중에는 아프기도 어렵다. 동료 선생님들

을 번거롭게 할 것 같아서 웬만하면 방학을 기다려 진료받는다. 생각해보면 건강관리의 기본은 올바른 섭생이다. 자기도 모르게 인이 박인 나쁜 식습관은 언젠가 질병을 부르기 마련이니. 이제 건강을 생각할 나이가 되었다. 조금 일찍 생각했더라면 더 좋았을 뻔했지만 이제라도 깨달은 걸 다행이라 여겨야지. 시간이 많아 손이 많이 가는 요리를 정성껏 해 먹으면 좋겠지만 단순한 레시피라도 싱싱한 재료로 요리해 먹는 것을 즐겨야겠다. 시켜 먹으면 플라스틱 용기를 많이 사용하게 되어 죄책감이 들기도 하니까.

예전부터 요리 잘하는 사람을 보면 너무 신기하고 존경스러웠다. 내가 좋아하는 유튜버 히조^{heejo}는 단출한 주방에서 조금은 어설퍼 보이지만 자신을 위한 요리를 정성껏 만들어 맛있게 먹는다. 계속 보다 보면 따라 만들어보고 싶다는 생각이 든다. 한동안 요리 영상을 한없이 찾아보기도 했다. 요리를 잘하고 싶지만 장 보는 일부터가 귀찮을 때가 많다. 요즘은 손가락만 까딱하면 다음날 새벽에 장바구니가 도착하는 세상이라 다행이다. 내가 만들었는데도 정말 맛있다 싶을 때도 가끔 있다. 사실 영상을 보면서 그대로 만들면 못 만들 요리가 없다. 하지만 다른 건 몰라도 김치는 언제쯤 잘 담글 수 있을지 모르겠다. 지금까지 수차례 시도해 보았지만 파김치나 깍두기를 제외하고는 대부분 맛이 없어 버렸다. 내가 담근 김치가 맛있는 날이 온다면 그건 진정한 요리의 달인이 되었다는 뜻이리라. 나에게 요리는 아직, 가끔 재미있고 대부분은 어려운 분야다.

힘든 아이들과 지냈던 해, 요리수업을 했던 기억이 난다. 평소에 장난 많기로 유명해 칼과 불을 쓰는 수업을 무사히 마무리할 수 있을까 걱정되었는데 막상 그날이 되자 평소와는 너무나 다른 정말 진지한 얼굴로 김치볶음밥을 만들고, 김밥과 샌드위치를 만들었다. 상기된 얼굴로 서로 나눠 먹으며 즐거워하는 아이들을 보면서 괜한 걱정을 했구나, 싶었다. 오감을 사용하는 요리 체험이 다른 이론수업보다 훨씬 큰 교육적 효과가 있는 게 아닐까?

30

비우고 바꾼다

미니멀 라이프에 푹 빠졌다. 그동안 관련된 책을 무수히 읽어왔다. 즐겨 찾는 도서관에 미니멀 라이프나 인테리어, 정리 정돈에 관한 책 코너가 있는데 갈 때마다 새로 들어오거나 아직 읽지 않은 게 있는지 확인한다. 그런 책들을 읽으면 얼마간은 집을 치우고 정리하기 때문이다. 6학년 아이들과 지구 환경 오염이 심각하다는 내용으로 공부를 했기 때문에 쓰레기를 줄이는 삶에 대해 생각할 기회가 있었다. 작년과 올해, 아이들과 함께 학교 주변을 걸으며 쓰레기를 줍는 플로깅 활동을 하기도 했다. 쓰레기를 분리하고 줍는 것도 중요하지만 궁극적으로 쓰레기가 될 물건을 사지 않는 것이 낫다는 것을 깨달았다. 특히 비닐과 플라스틱 같은 썩지 않는 물건들은 되도록 구입하지 않는 게 좋다. 예전에는 과일이나 야채 가게가 동네마다 있어 필요한 만큼만 구입이 가능했지만 요즘은 대형 마트나 동네 슈퍼에도 모두 비닐 포장이 되어 있어 포장 안 된 과일과 채소를 찾기가 쉽지 않다. 다시 동네 과일 가게들이 생겨나고는 있지만 포장 용품을 줄이려는 판매자나 소비자의 마음 자세는 아직 준비가 덜 된 듯하다.

미니멀 라이프에 관한 책을 읽으면 집에 쌓인 잡동사니들이 다시 보인다. 얼마 전 마트에서 대형 쓰레기봉투를 세 장 사 와 꽉꽉 채워서 버렸다. 신발장에 있는 신지 않는 신발들을 정리하고, 이사 올 때부터 널브러져 있던 물건들을 다 치웠다. 왜 이 물건이 여기에 있을까, 하는 생각도 해보지 않은 채 지낸 세월을 반성하며 물건마다 제자리를 정해주었다. 예전에는 아이들이 어떤 물건이 어디에 있는지 물으면 찾기 바빴는데 이제는 바로 알려준다. 물건들의 위치를 다 파악했기 때문이다.

그동안 모아둔 책도 헌책방에 많이 팔고 대부분은 버리기도 하며 좋아하는 책들만 남겼다. 색깔별로 모아 꽂았더니 예뻐 보였다. 옷도 많이 버렸다. 한동안 입지 않은 옷들은 과감히 버렸고, 작년에 중고로 구입한 수십 개의 나무 옷걸이에 걸 수 있는 만큼만 남겼다. 옷 역시 검은색부터 흰색까지 색깔별로 걸었더니 그것만으로도 예뻤고, 옷을 걸거나 찾기도 훨씬 수월해졌다. 드디어 나의 옷들이 숨을 쉴 수 있게 되었다. 남편과 함께 사용하는 작은 드레스룸 반쪽에 나의 사계절 옷 대부분이 들어 있다.

다음은 냉장고 차례다. 냉동실에 넣고 까맣게 잊어버리곤 했던 것들을 다시 하나씩 꺼내어 먹기 시작했다. 다 비우고 나서 식재료를 새로 사리라 다짐했는데 가족들의 요구가 있어 쉽지 않았다. 하지만 되도록 있는 걸로 어떻게든 요리해서 먹겠다고 작정하니 가득 차 있던 냉장고의 바닥이 군데군데 드러났다.

지구를 생각한 변화 중 개인적으로 가장 획기적이라고 생각하는 것은 비누 사용이다. 샴푸와 바디워시를 치운 욕실에 비누를 들였다. 두피 트러블과 아토피로 고생했는데 비누로 머리를 감고 몸을 씻은 후부터 가려움으로부터 해방되었다. 사실 수차례 비누 사용을 시도해보았다가 실패했는데 도브 인텐시브(독일 아닌 미국 제품이라고 한 유튜버가 말해서 계속 그것만 쓰고 있다) 비누로 머리를 감으면서 헹굼이 너무나 쉬운 것을 경험하고는 다시 샴푸 쓰고 싶은 마음이 전혀 없어졌다. 그 비누가 얼굴에는 별로 맞지 않는다는 생각을 하던 때 천연 비누를 만났다. 아로마 향이 그윽한 천연 비누로 몸과 얼굴을 씻은 후부터 간지러움이 사라졌다. 앞으로는 제작법을 배워서 직접 만들어 사용해볼까 한다.

얼마 전에는 집 근처 제로 웨이스트 샵에 가서 설거지 비누도 구입해 왔다. 거품도 생각보다 잘 나고 물에 잘 씻겨 좋았다. 독한 세제들보다는 천연 세제인 구연산이나 베이킹 소다, 과탄산소다 등으로 청소를 하면서 때가 오히려 잘 빠지는 신기한 경험도 했다. 싱크대 배수구에 과탄산 소다를 뿌려두었다 닦으면 속이 다 시원했다. 한 사람, 한 사람 이런 생각을 갖고 작은 변화를 이루기 시작한다면 지구가 조금씩 회복될 수 있을까? 그렇게 되기를 꿈꾸어 본다.

미니멀 라이프를 위한 독서

1.『나는 미니멀 유목민입니다』 (박건우, 2022, 길벗)

원래 맥시멀리즘을 추구하던 저자는 잡동사니 틈바구니에서 안 좋은 일이 겹치는 걸 보고 물건을 줄이기 시작해 지금은 마음이 딱 맞는 일본인 연상의 아내와 샴푸 없이 머리를 감고 치약 없이 이를 닦는 극단적인 미니멀 라이프를 실천하고 있습니다. 연중 반은 여행지에서 보내는 그는 다른 이들에게 자신의 라이프 스타일을 알리고자 '미니멀 유목민'이라는 유튜브 채널을 운영 중입니다.

2.『아무 것도 없는 방에서 살고 싶다』 (미니멀 라이프 연구회, 2016, 샘터)

가구도, 물건도 없는 방을 꿈꾸는 저자는 조금은 불편해 보이는 썰렁한 집에서 살고 있습니다. 물건을 쌓아두지 않으면 물건 살 때 버릴 것을 생각해 꼭 필요한지 한 번 더 생각하게 되어 충동구매를 막을 수 있다는 저자의 말을 실감하고 있습니다.

3.『조그맣게 살 거야』 (진민영, 2018, 책읽는고양이)

1인 가구인 저자의 집에는 이렇게 살 수도 있구나, 싶을 정도로 있는 것보다 없는 게 많습니다. 그 흔한 소파도, 침대도 없습니다. 이불마저도 사계절 사용 가능한 적당한 두께로 하나만 구입했다고 합니다. 전자레인지도 없고, 믹서기도 아름다운 가게에 기증했습니다. 이 책을 읽고 의자 하나를 버렸고, 대형 쓰레기봉투도 구입했습니다. 소중한 집의 공간을 차지하고 있는 잡동사니들을 필요한 사람에게 주거나 기증하거나 버리는 게 낫다는 저자의 말에 공감합니다.

4. 『아무 것도 못 버리는 사람』 (캐런 킹스턴, 2001, 코솔)

이 책을 들고 있는 걸 아이가 보고 "이건 엄마잖아요." 하고 말했을 정도로 맥시멀리스트였던 제가 미니멀 라이프에 처음으로 진지하게 관심을 갖게 된 책입니다. 정리정돈이 물건에 한정되는 것이 아니라 몸과 컴퓨터, 심지어 정신까지 정리해야 한다고 이야기하고 있는 점이 독특합니다. 정리정돈의 근본적인 이유가 잘 드러나 꼭 정리해야겠다는 마음을 갖게 하는 점이 좋았습니다.

5. 『작고 단순한 삶에 진심입니다』 (류하윤·최현우, 2022, 위즈덤하우스)

둘이 쓴 미니멀 라이프 실천기의 솔직한 고백이 재미있습니다. 집에 대한 이야기만 있는 것이 아니라 삶 자체가 미니멀합니다. 남들과 비교하며 스트레스를 받기보다 자기만의 삶의 방식을 찾아 실천하고자 합니다. 서울 토박이인 둘은 동해라는 곳에서 동거하며 자유를 만끽합니다. 여행 중 우연히 접한 북바인딩을 업으로 삼고 생이 이끄는 대로 욕심 없이 순응하는 삶을 살고 있습니다.

6. 『비워도 허전하지 않습니다』 (이소, 2022, 문학수첩)

초보 제로 웨이스트라는 저자는 버리는 미니멀리스트보다 한 단계 더 나아갑니다. 쓰레기를 만들지 않기 위해 최소한의 소비를 합니다. 비닐이나 플라스틱이 있는 제품은 되도록 사지 않고, 버리는 옷으로 빵이나 과일 가방을 만들어 들고 다닙니다. 조금만 불편하면 지구를 위할 수 있으니 몸은 힘들어도 마음은 편하다고 생각합니다. 다른 책에 비해 제로 웨이스트에 대해 잘 나와 있습니다.

7. 『자취의 맛』 (자취남, 2022, 21세기북스)

유튜브로 미니멀 인테리어 영상들을 보다가 우연히 자취남 채널을 보게 되었습니다. 수많은 집소개 중에서도 살고 있는 사람과 이야기 나누며 구석구석 서랍까지 열어보는 게 너무 재미있어 채널을 구독했습니다. 집 구경을 워낙 좋아하는데 남의 집에 가서 냉장고나 서랍까지 열어볼 기회는 별로 없기 때문에 영상들을 보며 대리만족하는 것 같습니다. 살림 팁이나 추천 상품들도 있어 보다 보면 나도 모르게 온라인 마트에 검색하고 있는 걸 발견합니다. 자석 비누 홀더나 싱크대 수건걸이, 압축봉이나 냉장고 정리용 손잡이 바구니 등 저렴하면서도 실용적인 아이템이 얼마나 많은지 알게 되어 잘못하면 오히려 맥시멀리스트가 되어버릴 수 있으니 주의해야겠습니다.

31

미니멀리즘 교실

내가 갓 교사가 되었을 때 우리나라에 '열린교실' 열풍이 일었다. 교장선생님은 학교 기사님들과 함께 불에 그을린 나무판으로 교실 벽 아랫부분을 도배하고 빨간색 대형 고무 통에 물을 채워 물고기와 물풀을 키우게 했다. 학급 인원이 딱 스무 명이라 남는 공간에 코너를 만들어 책상과 의자를 배치하고 '독서 코너', '놀이 코너'와 같은 이름과 설명을 붙였다. 미국에서는 한물 간 것이 뒤늦게 우리나라에 들어와 교실과 복도 사이 벽을 허무는 곳이 있을 정도로 열기가 대단했다. 초임인 나는 동료 선생님들과 저녁 9시까지 남아 교실 꾸미는 작업을 하며 귀뚜라미 소리 가득한 밤길을 걸어 퇴근하곤 했다.

빈 곳이 없도록 꾸미는 것이 미덕이라고 생각했던 시절을 보내서인지 한동안 쉽게 그 마음을 버릴 수 없었다. 게시판에는 무엇으로든 채워야 무언가 한 것 같은 느낌이었고, 식물도, 책도, 놀잇감도 그득해야 뿌듯했다. 그전부터 미니멀 라이프에 관심은 많았지만 집 안에 한정된 것으로만 여기다가 4년 만에 교실을 옮기면서 교실 짐이 과하다 싶어 줄일 생각을 했다. 학교에 이사 올 때 짐을 열 다섯 박스 가져왔는데 4년 내내 이동하지 않고 같은 교실을 사용했으니 짐이 얼마나 많이 늘었겠는가? 영어 전담교사 때부터 끌고 다니던 영어책들이 수백 권이었고, 우리 집 아이들이 보던 동화책과 헌책방에서 산 책들을 놓을 곳이 없어 집에 있던 4단 책꽂이까지 가져가 꽂아 두었던 터라 다시 그 짐들을 다 싣고 이동할 엄두가 나지 않아 책을 모두 처분하기로 했다. 놓고 가도 되겠지만 그건 또 다른 누군가에게 짐이 될 수 있으므로 학교 예산으로 구입한 것 외에는 모두 깨끗이 빼기로 생각하고 온라인 헌책방에 바코드를 하나하나 찍어 팔 수 있는 건 모두 팔았다. 박스에 스무 권씩 넣고 목록을 인쇄하는 작업이 쉽진 않았지만 쌓여 있던 짐이 조금씩 줄어드는 것을 보면 새로운 힘이 생겼다. 너무 낡은 책들은 폐지함에 넣고 깨끗하고 재미있는 것만 남겨 4단 책장 하나만 채웠다. 학습준비물로 받은 풀이나 색지는 학년 연구실에 가져다 두고, 그동안 쌓인 아이들의 시험지와 학습지를 모두 파쇄하거나 종이류에 버렸다. 집에서 가져다 두었던 바이올린과 접이식 책상, 화분들을 낑낑대며 집에 다시 가져갔고, 4년 내내 교실 한구석을 채우던 대형 벤자민 화분은 지나가다 탐내시는 선생님께 기분 좋게 기증했다. (너무 좋아라 하시며 나중에 커피 쿠폰을 보내주셨다. 벤자민은 너무 예쁘게 크는 나무라 아주 조그마한 것으로 다시 구입했다.) 교실 짐의 3분의 2정도는 처분한 것 같았다. 남은 것을 여기 저기 굴러다니던 크고 작은 박스와 대형 장바구니에 담아 보니 일곱 개였다.

다른 학교로 이동 신청한 게 안 되면서 한 해 더 우리 학교에서 지내게 되어 한편 감사했다. 나이 들수록 학교 간 이동도 부담이니까. 그 사이에 우리 학급은 다른 선생님이 차지하시고 나는 3학년으로 가는 대신 학교폭력이라는 중대 업무를 맡았다. 이동하는 날은 마음이 가뿐했다. 그런데 학년 수레로 짐을 아래층으로 나르는데 4단 책장을 수레에 올리다가 허리를 삐끗했다. 한순간의 일이었다. 책을 빼고 옆으로 눕혔어야 했는데 이놈의 급한 성격 때문에 한 번에 가져가려다가 그 사달이 난 것이다. 성난 허리를 달래며 조심조심 짐을 겨우 내렸다. 빈 사물함을 다 채우고도 부족해 교사 캐비닛은 물론 벽 쪽 정리대를 가득 채웠던 그 많던 짐이 사물함과 캐비닛에 가뿐히 들어갔다. 벽 쪽은 전 선생님이 놓고 가신 학년도서밖에 없었고, 잔 물건들이 보이지 않게 서랍과 캐비닛에 모두 넣었다. 동선을 고려해 편리하게 사용할 수 있도록 물건들을 배치했다. 이제 빈 벽과 게시판은 아이들의 빛나는 작품으로 채워질 것이다.

짐 정리를 두어 시간 만에 마친 나는 여유롭게 향초를 켜고 차를 마시며 업무를 시작했다. 내년이면 다른 학교로 이동한다. 휴직이나 파견교사 등 특별한 사유가 없다면 한 학교에서 있을 수 있는 최대 기간이 5년이다. 남은 시간 동안 되도록 새로운 물건을 들이지 않고 있는 것들을 부지런히 소진하며 짐을 더 줄일 것이다. 아늑한 교실을 위해 그동안 중고거래로 큰 곰 인형도 사 두고 게시판을 알록달록하게 꾸미곤 했지만 누군가는 산만함을 느꼈을지도 모르겠다. 기초 생활 습관을 기르는 3학년 시기의 이번 아이들이 정리정돈 습관 하나는 확실하게 가질 수 있게 돕고 싶다.

32

학교가 숲이라면

그동안 많은 교장선생님을 모셨지만 마음에서 우러나 존경하는 분은 솔직히 몇 안 된다. 가장 기억에 남는 교장선생님은 앞 번 학교에 있을 때 만난 분이다. 우리 학교에 부임해 오시자마자 한 일이 화단에 꽃을 심는 일이었다. 복도마다 나무 화분이 놓였다. 실내 나무 계단의 네모난 화분에 담긴 식물들이 아이들 재잘대는 소리를 함께 듣게 되었다. 큰 유리창으로 따스한 햇살이 내리쬐면 사랑스런 화초들이 발돋움하는 듯 싱그러웠다. 복도에서 뛰기 좋아하던 아이들이 발걸음을 멈추고 식물들을 바라보기 시작했다. 복도의 풍경이 확실히 차분해졌다. 식물을 사랑하는 교장선생님의 마음이 아이들에게 옮아간 것 같았다.

우리보다 먼저 출근해 학교 곳곳에 떨어져 있는 쓰레기를 줍는 것이 교장선생님 하루 일과의 시작이었다. 그 많은 화분에 물주는 일도 즐겨 하셨다. 우리는 학교 여기저기서 화분을 정리하시는 교장선생님과 자주 인사를 나누었다. 왜 좋은 분은 일찍 떠나실까? 다음에 부임한 교장선생님이 오셔서 가장 먼저 한 일은 그 아름다운 화분들을 치우는 것이었다. 선생님들은 사라져가는 화분을 보며 가슴앓이만 했고, 아이들은 다시 뛰기 시작했다. 마음이 각박해진 건 나만 느끼는 것이 아니었다.

"오늘은 숲에 가서 야외수업을 할 거예요."

학교 건물에서 나와 운동장 옆 오솔길 산책로를 따라가면 숲속 벤치들이 나온다. 옆에는 작은 연못과 징검다리도 있다. 나무를 심은 지 10년 정도 되어 아직 잎이 울창하진 않지만, 가끔 새들이 깃드는 자연의 공간이 되었다. 아이들은 이곳에서 숨바꼭질도 하고 잡기 놀이도 한다. 보물찾기하기에 딱 좋은 장소이다.

이상은 실제 경험이 아니다. 내가 꿈꾸는 '숲이 있는 학교'의 모습이다. 전국 어딘가에는 이런 학교가 분명히 있을 것이다. 하지만 나는 아직 경험해보지 못했다.

얼마 전까지만 해도 학교에는 '자연학습장'이라는 곳이 있어 학교에서 토끼나 닭과 같은 동물을 키우고, 수중식물까지 종류별로 식물을 가꾸었다. 심지어 벼나 보리를 심고 수확하여 떡 만들기를 하는 학교도 있었는데 요즘은 '자연학습장'이 있다는 학교를 들어보지 못했다. 관리가 쉽지는 않았을 것이다.

어렸을 때 다녔던 학교에는 아름드리 플라타너스가 많았다. 더운 9월, 운동회 연습을 하다가 나무 그늘에서 잠깐 쉬면 그렇게 시원할 수가 없었다. 땀을 식히던 친구 어깨에 송충이가 떨어지는 걸 보고 소리 지른 적도 있지만 나무 그늘은 우리들의 좋은 친구였다. 가을이면 반 전체가 같이 나뭇잎 청소를 하곤 했는데 언제부터인가 학교에서 큰 나무들이 사라졌다.

전에 있던 학교에는 100년이 넘은 은행나무가 있었다. 교무실 앞 조회대 옆에 자리 잡은 은행나무는 학교의 상징(교목)이기도 했다. 가을이면 노란 은행잎이 황금처럼 날리는 멋들어진 나무였다. 내가 근무하는 동안 그 나무를 자르는 일이 있었다. 당시 교무부장님이 학교 나무를 자르면 누군가 아플지 모른다고 반대했지만 교장 선생님의 뜻이었는지 결국 엄청나게 뻗은 가지를 자랑하던 나무는 잘려나갔

고 앙상한 둥치만 남았었다. 며칠 전 10년 만에 그 학교에
다시 갔다가 왜소하긴 해도 다시 잎이 자라난 그 나무를 보
았다. 나무의 생명력이란 정말 대단하다.

지금 근무하는 학교 옥상에서 몇 년 전에 '도시농부 프로
젝트'를 했다. 학교 부임 첫해에 유난히 장난이 심한 6학년
아이들과 함께 텃밭을 가꾸었는데 그렇게 드세던 아이들
이 밭에만 가면 순한 양이 되는 걸 보았다. 공부도, 다른 것
도 자신 없어 하던 한 남학생은 옥상 텃밭을 너무 좋아했다.
학교에 농사지으러 오는 느낌이랄까? 물 만난 고기처럼 밭
고랑을 휘젓고 다니며 물을 주고, 잡초를 뽑고, 토마토를 땄
다. 농부의 재능을 타고났었나 보다.

옥상 텃밭이라는 말에 위험할 거라고 생각할 수 있지만
보안이 철저한 개폐장치를 하고, 옥상 담을 조금 높여 교사
들이 철저히 관리한 덕분에 큰 어려움이 없었다. 옥상을 식
물로 덮으면 꼭대기 층 교실의 더위나 추위가 한결 덜하다.
학교 옥상에 정자도 있어 야외 수업이 가능했다. 딱딱한 교
실 의자에 앉아 있느라 지친 아이들과 하늘을 보며 수업할
수 있었다. 텃밭 관리가 어려웠는지 그 다음 해부터는 학급
별로 텃밭을 나누어주지 않았지만 작년 6학년 아이들을 데

리고 옥상에 올라가 야외수업도 하고, 화분 분갈이도 했다. 새로운 공간에서 아이들은 함박웃음을 지었다.

작년에 정년퇴임하시는 교장선생님이 계셔서 축하 연주하러 간 김포의 한 초등학교에서 야외 화분에 아기자기한 꽃과 다양한 식물이 자라는 것을 보고 감탄한 일이 있었다. 도시별로 학교를 꾸미는 분위기가 다른지 모르겠다. 아니면 전적으로 교장선생님의 취향인지도.

식물을 키우는 학교가 많아졌으면 한다. 교육청 차원에서 학교 숲 만들기 사업을 하면 좋겠다. 얼마 전 2021년부터 탄소중립 중점학교를 선정하여 22년에도 운영 중이라는 정부의 정책 뉴스를 보았다. 찾아보니 작년까지 전국에 유치원 포함 20개교였는데 올해(2023년)는 40개교로 늘었다. 교육부, 환경부, 해수부, 농식품부, 산림청, 기상청이 협력하여 학교에서 탄소 중립 실천을 위한 교육과 시설, 공간 조성을 하고, 기후나 환경에 관한 교육과 도서 지원, 목재 체험 교실이나 숲 교육 지원을 한다고 되어 있었다. 다양한 교육이나 체험도 중요하겠지만 식물이 자라는 학교를 늘렸으면, 하는 게 나의 바람이다. 숨 쉬는 생명과 함께 자라며 지구와 자연을 사랑하는 시민으로 성장할 것이라 믿는다.

33

음악이 아이들의 삶에 미치는 영향

음악에 대한 첫 기억은 초등학교 1학년 때 교실에 앉아 색종이에 노랫말을 적고 혼자 노래를 만들어 불렀던 일이다. 아직도 가사가 기억나는데 부끄러워 못 쓰겠다. '라라 도도도도 시시라솔 라 라라라라 도도도도 미미미미 미 레 레 파파파파 미미레도 시 시시 레레도시 라' 이런 단조의 노래였다. 산에 가서 밤을 줍는데 동생이 배고파서 밤을 주었다는 내용이다. 왜 이런 노래를 만들게 되었는지는 모르지만 어디 가서 말하긴 부끄러워도 혼자 생각할수록 피식 웃음이 나오는 소중한 기억이다.

남해읍에서 태어난 나는 교사인 부모님을 따라 남해군 삼동면에서 3학년까지 3년을 살았다. 남해에서 버스를 타고 울퉁불퉁한 길을 가다 보면 속이 안 좋아져 가끔 토하기도 했다. 그때 흘러나왔던 트로트. 트로트 좋아하시는 분들께는 죄송하지만 트로트를 들으면 그때의 기억 때문인지 멀미가 난다. 4학년이 되면서 진주로 이사를 했다. 시골 아이라고 얕보지 않을까 걱정했는데 3학년 선생님이 회초리를 들고 공부시켜 주신 덕분에 첫 시험에서 좋은 성적을 받아 나름 편안한 학교생활을 했다. 담임선생님은 동화 작가 신충행 님이었는데 그분이 쓰신 책 한 권을 전학 온 나에게 선물로 주시기도 했다. 혹시나 하고 검색해보니 아직도 작품 활동을 하고 계셔서 선생님이 쓰신 책을 한 권 구입했다. 나도 어엿한 저자가 되면 꼭 한번 찾아뵙고 싶은 분이다.

그즈음 어머니께서 주변 분들 말에 솔깃하여 나에게 피아노를 가르치기로 하셨다. 처음에는 잠깐 개인레슨을 받다가 다섯 대의 피아노가 있는 교습소에 다녔다. 주택을 개조해 방마다 피아노를 넣어 둔 곳이어서 방음이랄 게 없었다. 그때는 사교육이라야 주산학원, 미술학원, 피아노학원 정도가 전부였다. 지금 아이들에 비하면 행복한 초등 시절이었다. 피아노 교습소에 다니는 아이들이 많아서 내 차례가 올 때까지 「좋은 생각」, 「샘터」 같은 책들을 읽으며 기다렸다. 매번 같은 것만 하는 『하농』이 가장 지겨웠고, 곡조에 이야기를 만들며 놀았던 『부르크뮐러』가 제일 재미있었다.

6학년이 되자 집에서도 연습하고 싶다는 핑계로 부모님께 피아노를 사달라고 조르기 시작했다. 체르니 30번이 끝나가고 있었다. 그때만 해도 황소고집이었던 나는 며칠 화장실 문을 잠그고 들어가 울었고, 결국 다리가 예쁘게 조각된 고동색 피아노를 갖게 되었다. 그 후 몇 달 안 되어 체르니 40번의 1번을 치다가 학원을 그만두었다. 처음에는 유일하게 외운 〈엘리제를 위하여〉 앞부분만 주야장천 쳤다. 내 연주에 맞추어 아빠가 엄마 발을 발등에 올리고 춤을 추신 행복한 기억이 있다. 그런데 갈수록 피아노에 대한 열정이 사그라들었다. 〈엘리제를 위하여〉는 항상 멈추는 곳에서 멈췄고, 더이상 칠 줄 아는 곡이 없었다. 중학교 때 가끔 찬송 곡을 치긴 했지만 자주 있는 일은 아니었다.

오래오래 부모님 댁을 지키던 그 피아노는 결혼 후 아이들을 위해 우리 집에서 잠시 지내다 결국 헐값에 팔렸다. 피아노는 갔지만 음악에 대한 추억의 조각들은 남았다. 아마도 뒤늦게 바이올린을 배울 때 밑거름이 되었으리라. 어렸을 때 가끔 아버지께서 작곡을 하셨다. 아직도 기억나는 피아노 악보대 위에 올려져 있던 '오뚝이'라는 동요. 곡조는 기억나지 않지만 오선지 음악공책에 연필로 그려진 음표들이 생생하다.

초등학교 시절 학교에서 합창단이었고, 교회에서는 늘 음 잘 잡는 알토 파트였다. 여고 시절에는 '엘리에셀'이라는 기독교 중창단 활동도 했었다. 지금까지도 가장 친하게 지내는 단짝 친구를 만났던 동아리다. 주일 아침에는 교회 선후배들과 병원 충충마다 찬양을 하며 환우들을 위로했고, 고등학생 시절에는 교회마다 '문학의 밤'이라는 행사가 있어 합창, 연주, 연극 등의 공연을 했었다. 지금은 사라져 아쉬운 훌륭한 문화라고 생각한다. 그동안 한 번도 생각하지 않았던 문학의 밤이 사라진 이유가 궁금해 찾아보니 학생들이 학원으로 점점 내몰리고, TV에서 너무나 화려한 무대들이 등장했기 때문이라는 의견이 있었다. 지금도 명맥을 유지하는 곳이 있지만 과거의 낭만은 아닌 것 같다. 일명 '교회 오빠'들이 활약했던 문학의 밤이 그립다.

어린 시절의 경험은 어른이 되어서도 이어진다. 내가 바이올린을 잡은 것은 필연이었으리라. 많은 교실 중 하필 우리 교실에서 바이올린 방과후 수업을 한 건 우연이었지만, 그렇지 않았더라도 다른 계기로 바이올린을 배우게 되었을 거라 믿는다. 어린 날의 음악 체험은 콩나물시루에 물 주는 것처럼 사라지는 것 같으나 마음 깊이 남아 있다가 계기가 있을 때 불쑥 심장을 뛰게 만드는 불씨가 된다. 매년 학기별로 학급 발표회를 여는 이유이기도 하다. 바이올린, 첼로, 피아노, 우쿨렐레, 칼림바와 같은 악기는 물론, 컵타나 노래, 춤 등 아이들은 다양하게 참여한다. 처음에는 못할 것 같다던 아이들이 삼삼오오 모여 연습하기 시작하면 서로 자극을 받아 더 열심히 준비한다.

1학기 마지막 음악 시간이었다. 그전 아이들이 독서 후 역할극을 한 적이 있었는데 그때 악보를 안 가져온 아이가 바이올린을 다음에 발표하기로 해서 그날 음악시간을 바이올린 연주로 시작하게 되었다. 학교에 가져다둔 바이올린을 꺼내어 조율을 하고 주었더니 아이들이 요즘 가장 좋아하는 아이브의 〈I AM〉이라는 곡의 악보를 보면대 위에 올려놓고 연주했다. 그 노래로 얼마 전 학급 발표회 때 춤을 추었던 아이들부터 일어나 노래하며 춤을 추었다. 다른 아이들도 덩달아 일어나 몸을 흔들었다. 말로 표현하기 어려운 격한 호응이었다. 배운지 얼마 되지 않았는데도 신나게 연주하는 아이를 보고 나보다 낫다 싶었다. 아이들과 나는 함성을 지르며 박수쳤다.

"선생님도 한번 해주세요."

아이들의 말에 바이올린을 받아 나도 한번 해보았다. 그동안 많이 들어서인지 어설프지만 바로 연주가 가능했다. 춤추던 아이들이 다시 일어났다. 내친김에 음악책을 펴 들고 1학기 동안 배운 노래를 처음부터 불러보자고 하며 그날 주제였던 '리듬악기로 합주하기'를 위한 리듬악기 세트를 모둠별로 나눠 주었다. 우리는 그동안 배운 신나거나 아름다운 노래들을 교실이 떠나가게 부르며 나는 바이올린으로, 아이들은 리듬악기로 쟁쟁거렸다. 아이들도 나도 벅찬 감격으로 가슴이 터질 것 같았다. 바이올린 배우길 참 잘했다.

교육청에서 바이올린을 구입해 준 적이 있었다. 내가 있던 학교에서도 열 몇 대를 받았고, 그 때 학교 오케스트라를 만들었다. 얼떨결에 시작하긴 했지만 처음에 열 명도 안 되던 단원이 스무 명, 서른 명, 마흔 명으로 늘었다. 매주 하루나 이틀 아침 시간에 모여서 연습을 했는데 빠지는 아이가 거의 없이 다들 열심히 참여했다. 오합지졸이긴 했지만 등굣길 음악회도 하고, 외부 행사에 초대받기도 했었다. 방학이면 캠프도 하고, 교육청 행사인 '고양 학생 1000인 음악회'에도 참여했다. 불꽃 같던 시절이었다. 같은 학교에 다니던 막내 졸업식 날 졸업 축하연주 지휘를 하고 오케스트라 아이들 챙기느라 딸 졸업하는 걸 제대로 보지 못해 두고두고 미안해했다.

지금은 그 학교를 떠나왔지만 올해도 등굣길 음악회를 했다는 소식을 들었다. 졸업한 아이들 중 일부가 중학교에서 챔버를 만들었다고 한다. 어떤 아이는 어른이 되어서도 악기 연주를 즐길 것이고, 그렇지 않더라도 음악을 사랑하는 풍부한 정서를 가진 사람으로 성장할 것이다.

베네수엘라에는 '엘 시스테마'라는 거대한 국가 지원 음악 교육 재단이 있다. 경제학자이자 음악가인 호세 안토니오 아브레우José Antonio Abreu가 범죄가 만연한 도시의 아이들을 위해 1975년에 만들었다. 베네수엘라의 빈민층 아이들을 위한 무상 음악교육 프로그램이다. 그는 학교에 가지 않고 범죄조직의 최 말단 일원으로 총과 마약을 들고 다녔던 아이들에게 새로운 삶의 기회를 부여했다. 위험에 노출된 채 하루하루를 보내던 아이들은 총과 마약을 내려놓고 악기를 들었다. 아이들은 서서히 거리를 변화시켰고, 사회를 바꾸었다. 베네수엘라 수도 카라카스의 빈민가 차고에서 빈민층 청소년 열한 명의 단원으로 시작된 엘 시스테마는 2010년, 190여 개 센터, 26만여 명이 가입된 거대 조직이 되었고 세계적인 명성을 얻었다. 베를린 필하모닉 최연소 더블베이스 연주자 에딕슨 루이즈^{Edicson Ruiz}와 구스타보 두다멜^{Gustavo} ^{Adolfo Dudamel Ramirez}이라는 국제적 음악가를 키워내기도 했다.

베네수엘라 서북부 라라 주 바르키시메토에서 태어난 구스타보 두다멜은 열 살 즈음 엘 시스테마에서 바이올린을 배우기 시작했다. 이후 라라 음악원에서 작곡도 배웠다가 1995년 엘 시스테마의 창시자인 안토니오 아브레우에게 지휘를 본격적으로 배워 1999년 18세의 나이로 베네수엘라 시몬 블리바르 청소년 관현악단의 최연소 음악감독이 되었다. 엘 시스테마가 세계적으로 인정받게 되면서 그의 입지도 굳어져 세계 콩쿠르에서 입상하였으며 2009년에는 로스엔젤레스 필하모닉 오케스트라의 음악감독이 되었다.

음악을 비롯한 예술 활동은 당장 눈에 띄는 성과가 있지 않다는 것으로 정책적 지원에서 뒤로 밀리기 쉬운 분야다. 교육이라는 것 자체가 '백년지대계'가 아니던가? 공부도 좋지만 멀리 내다보고 음악과 미술을 비롯한 아이들의 다양한 활동에 눈을 돌려야하지 않을까? 우리나라에도 엘 시스테마와 같은 지속적인 프로그램은 아니지만 스물네 명의 아이들과 세계적인 비올리스트 용재 오닐이 함께했던 오케스트라가 잠시 있었다. 다큐멘터리로 제작되어 호평을 받았

던 이 프로젝트는 악기를 처음 접하는 아이들이 맹연습을
해 3개월 후 무대에서 연주를 한다는 목표를 가지고 있었
다. 현악기를 3개월에 끝내고 연주를 한다는 것은 불가능에
가까운 일이지만 이들은 피나는 노력으로 모든 어려움을
이기고 미션을 완수한다. 감동이 있는 시도였지만 지속적으
로 이어지지는 못했다. 국가적인 차원에서 꾸준한 지원이
있다면 돈이 없어 음악가의 길을 포기하려는 아이들이 새
로운 기회를 갖게 될 것이다. 얼마 전 유학생의 자녀였던 바
이올리니스트 김수연 님의 성장에 관한 영상을 보았다. 어
린 시절 아버지가 뇌출혈로 쓰러지면서 가정형편이 어려워
졌다. 독일에서는 돈이 없어도 양질의 음악 교육을 받을 수
있는 곳이 전국적으로 천여 개나 된다는 말에 너무나 놀랐
다. 우리나라에 그 십분의 일이라도 있으면 얼마나 좋을까?
자신의 악기 한번 가져보지 못한 채 음악에 대한 자기만의
해석을 늘 고민하던 아이는 거장이 되었다.

유학까지 다녀와도 국내에서 연주자로 직업 구하기 어려
운 요즘, 연주자들을 모아 학교에 실내악 연주팀을 보내 '찾
아가는 음악회'를 여는 건 어떨까? 연주회장에 찾아가기 어
려운 아이들에게 신선한 자극을 줄 수 있을 것이다. 피아노
외에는 악기 연주를 한 번도 본 적 없는 아이와 코앞에서

숨소리까지 들으며 현악 사중주를 관람한 아이들의 생각주머니는 다를 것이므로.

내가 속한 '인뮤직' 앙상블이 이런 일을 하고 있다. 몇 년 전 용인에서 동네 피아노 동아리 '인피아'를 만들었던 윤여정 대표님이 바이올린을 배우면서 레슨해주시던 선생님과 공연을 시작했다. 전공자와 아마추어가 함께 만드는 무대였다. 자그마한 동아리였던 이 단체는 점점 인원이 늘었고, 일 년에 100여 회 공연을 하는 연주단체로 거듭났다. 아이들과 주민들에게 레슨 기회를 제공하고 지역 문화 발전에 공헌하는 연주단을 이끄는 대표님을 존경하지 않을 수 없었다. 박물관이나 서점, 그리고 거리공연에 함께한 적이 있는데 관객을 격 없이 만나는 신선한 경험이었다. 수없이 많은 위기를 넘고 넘어 수많은 학교의 아이들과 선생님들에게 희망의 음악을 선사하고, 행사장, 백화점 가릴 것 없이 부르는 곳이면 달려가 멋진 공연을 하는 이 단체는 현재 사회적 기업을 신청하고 결과를 기다리고 있다. 조만간 좋은 소식이 들리길 기대한다.

34

동기부여가 반

공부를 좋아하는 사람이 있을까 싶지만 내가 지켜본 바로는 있다. 우리 반에 수학과 과학 시간을 좋아하고 사회 시간에 공책 필기하는 걸 즐기던 아이가 있었다. 틈나는 대로 책을 꺼내서 읽고, 교사의 질문마다 해박한 지식으로 대답한다. 그러면서도 겸손하고, 친구를 진심으로 걱정하며, 모르는 것을 물으면 잘 가르쳐준다. 심지어 운동도 잘했다. 하지만 모두가 이 친구와 같지는 않다. 시험 본다고 하면 걱정부터 하고, 개념이 조금만 복잡해지면 진저리를 친다. 시험을 치를 때마다 결과가 좋은데도 불구하고 시험이 싫고 어렵다는 말이 자동으로 나오는 아이도 있었다. 어떤 시험이든 누군가가 나를 테스트한다는 것은 부담스럽기 마련이다.

어릴 때 나는 항상 동네 친구나 언니들하고 놀았다. 살던 동네 주변에 아파트가 없이 거의 주택이었기 때문에 '누구야, 놀자!' 하고 집 앞에서 친구를 부르고 들어가 놀았다. 연필과 공책을 가져 가 친구 언니와 공부를 하곤 했던 추억이 있다. 공부도 놀이로 느꼈던 그때.

학교에 들어간 후로는 나도 공부를 썩 좋아하지는 않았다. 틀린 답을 말하면 회초리로 때려주시던 3학년 때 선생님은 지금 생각하면 고맙지만 그때는 참 무서웠다. 중학교 때는 틀린 개수만큼 매를 맞았는데 이것이 공부에 대한 막연한 두려움을 심어주었던 것 같다. 체벌로 인해 공부는 하고 싶은 게 아니라 해야만 하는 것이라는 생각이 굳어졌다.

놀기 싫어하는 사람이 있을까? 시험 기간이 되면 하고 싶은 일들을 내려놓아야 한다. 매년 늦가을이면 시작하던 뜨개질도 잠시 멈춰야 하고, 인형놀이도, 친구와의 수다도 미뤄야 했다. 공부하지 않은 부분에서 시험 문제가 꼭 나왔고, 실수도 많았기 때문에 늘 일정한 등수에 머물러 있었으므로, 성적표를 자신 있게 내민 적이 없다.

그러던 나도 열심히 공부해야겠다는 생각을 한 적이 있었다. 초등학교 때였는지 정확히 기억나지는 않지만 한 가난한 학생이 밤낮으로 일과 공부를 병행하다가 코피를 쏟고는 감기 끝이라 그런 거라며 웃어넘기는 만화의 한 장면을 보고서다. 그 만화책을 읽고 또 읽으며 공부는 이렇게 코피를 쏟아가며 해야 하는 것이구나, 하는 생각을 했다. 튼튼한 코 점막 덕분에 코피 흘려가며 공부한 기억은 없지만.

내가 가장 열심히 공부한 건 아마도 영어 심화 연수 때가 아닌가 싶다. 물론 임용고시를 앞두었을 때도 자정까지 공부하긴 했다. 그때 느꼈던 조용한 밤공기를 잊을 수 없다. 한밤중에 친구와 자전거로 하교하며 폭주족 흉내를 냈다. 그때는 시험에 떨어지면 얼마나 창피할까, 하는 마음으로 공부했다. 그런데 영어 심화 연수 몇 달 동안은 자발적으로 열심히 노력했다. 영어를 정말 잘하고 싶었다. 누가 시킨 것도 아닌데 영어 책만 수십 권을 읽고, 새벽까지 과제와 영어 수업 준비에 매달렸다. 수업시간에는 외국인 선생님들의 강의를 열심히 필기했고, 오가는 버스 안에서 단어를 외웠다. 연수 끝에 졸업생 연설을 했다. 공부 열정을 불태웠던 시기였다. 잠시 동안 눈부신 발전을 했다.

아이들에게도 동기가 무엇보다 중요한 것 같다. 몇 년 전 우리 반에 말이 없는 아이가 있었다. 아침 독서 시간에 『코스모스』라는 책을 읽고 있었다. 그 아이의 꿈이 천체물리학자라는 걸 그렇게 알았다. 학원 끝나고 집에 가는 길에 별

사진을 찍어 나에게 보내곤 했는데 지금까지도 가끔 사진 메시지를 보내준다. 졸업하던 즈음에는 천체망원경으로 달 뿐 아니라 꽤 멀리 있는 별자리 사진을 찍기 시작했다. 이 친구에게는 천체 공부가 놀이인 것이다. 카톡 메시지로 나에게 천체과학 퀴즈를 내기도 했다. 그러면서 한참을 대화했다. 말이 무척이나 없던 그 친구와 카톡으로는 참 많은 대화를 나누었다.

관심사가 생기면 아이들은 말려도 파고든다. 한때 인기 많았던 9인조 가수 그룹 멤버의 생년월일까지 외우는 아이가 있었다. 그 팀에 대해 시험을 본다면 만점을 받을 것이다. 부모가 원하는 것에 관심을 두지 않는다는 것이 불만일지도 모르지만 아이들의 관심사는 다양하다. 자동차에 해박한 지식을 가진 아이도 있고 만화 캐릭터라면 모르는 게 없는 아이도 있다. 해리포터 시리즈를 줄줄 꿰는 건 보통이다. 쓸데없어 보이는 아이들의 관심을 어른들이 일부러 꺾지만 않으면 아이들은 관심을 옮겨가며 내적 자산을 쌓는다. 영원히 좋아할 것 같은 가수의 해체 소식에 좌절하는 아이는 생각보다 빠르게 마음을 접고 열정을 쏟을 다른 대상을 찾는다. 굳이 멈추게 하려 들면 더 오랜 기간 빠져 있게 만들 수 있다. 아이의 관심사에 작은 지원으로 응원하면 어떨까?

공감해주려는 부모에게 한걸음 더 다가올지도.

　오로지 관심이라면 춤과 친구가 전부였던 막내는 고등학교 1, 2학년 시절에 공부를 소홀히 했다. 꿈이 항공 승무원이어서 승무원을 위한 전문대학에 입학하기 위해서는 공부가 그리 중요하지 않다고 생각한 모양인지 영어나 수학 학원도 다니지 않았다. 학교에서는 댄스 동아리 활동을 하며 신나게 놀았다. 고등학교 2학년 말쯤 체대 출신인 올케와 이야기 나누다가 올케의 여자 동기들 중 여럿이 항공 승무원이 되었다는 말을 듣고 딸아이는 갑자기 목표를 바꾸었다. 체대 입시학원을 알아보더니 집에서 조금 멀리 떨어진 학원에 등록하고 싶다고 했다. 보통은 2학년 때 시작한다는 체대입시 준비를 조금 늦게 했지만 그때부터 거의 한 번도 빠지지 않고 열심히 다녔다. 목표가 생기니 공부도 마음먹고 했다. 체대입시 학원 위층에 있는 단과학원 강좌를 들으며 수능 준비를 차근차근 했다. 영어와 국어, 사탐 점수가 쑥쑥 올라갔다.

　공교롭게 그해에 코로나가 발생하여 해외여행이 중지되었고, 승무원 준비를 하던 많은 이들이 진로를 바꿔야 했다. 체대입시 준비가 힘들지만 자신에게 잘 맞는다는 걸 깨달고 굳건히 노력한 끝에 대학에 입학하여 즐거운 학교생활을 하고 있다. 대학교에서도 댄스동아리에 들고 골프와 볼링, 스키, 수상 스포츠, 심지어 글램핑과 같은 여러 활동적인 수업들에 즐겁게 참가하며 학점을 딴다.

다시 해외여행이 활발해진 지금, 딸아이는 승무원의 길을 가게 될까, 아니면 체육과 관련된 다른 일을 할까? 관심과 동기는 사람의 인생을 바꿔놓기도 한다. 그 계기가 어떤 이와의 만남, 혹은 누군가의 한마디일 수도 있다는 것이 놀라울 따름이다.

35

운동과 회복탄력성

올봄, 황당한 일이 있었다. 태권도 관장님이 광화문에서 태극 1장 기네스북 도전 행사를 안내해주셨다. 도복을 입고 만 명이 넘는 태권도 인구가 광화문광장에 모여 태극 1장을 한다고 했다. 아이들에 끼어 태극 1장을 할 것이 창피하긴 하지만 큰 행사를 취재하는 기자가 된 기분으로 참가 신청을 해두었다가 그날 아래 위 새하얀 도복을 입고 검정 띠까지 메고 출발해 버스를 갈아타 가며 광화문에 도착했다. 갈 때만 해도 이상한 기운을 느끼지 못했는데 광장에 도착하니 도복을 입은 사람이 한 명도 보이지 않고 시위하는 사람들만 모여 있었다. 사범님께 광화문에서 모이는 것 맞느냐고 메시지 했더니 '오늘이 아니라 다음 주'라고 하셨다.

아차차! 그제야 안내문을 보니 3월 25일이었다. 토요일인 것만 보고 정확한 날짜도 확인하지 않은 채 소중한 시간을 날려 먹은 것이다.

가기 전에 남편이 맛있는 점심을 먹자는 제안을 했는데도 뿌리치고 집에 있던 밥을 우걱우걱 대충 먹고 나선 길이어서 속상했다. 남편에게 전화했더니 박장대소를 했다. 다시 버스를 타고 갔던 길을 되돌아와(버스를 갈아타 가며) 겨우 집에 도착했더니 두 시간이 훌쩍 지나가 있었다. 남편과 아들이 나를 보고 어찌나 웃는지. 나도 하도 기가 막혀 같이 웃었다. 그다음 주는 교회 동료 결혼식이 있어 멀리 진주에서 올라온 고등학교 친구를 만나느라 결국 그 행사에 참여하지 못했다. 도복까지 휘적휘적 입고 대낮에 활보했던 걸 생각하면 지금도 웃음이 나온다.

태권도 하기 전의 나였으면 이렇게 웃지 못했을지도 모른다. 집중력이 떨어지고 있다며 뇌 검사라도 받아봐야 하나 고민했을 것이다. 운동을 하다 보니 어지간한 실수는 웃어넘기고, 내 황당한 실수가 다른 사람에게 웃음을 준다면 그걸로 만족감을 느끼는 경지에 이르게 되었다. 무도인으로서나 음악인으로서 나는 아직 초보 수준이고 갈 길은 멀지만 때로 엇박자가 나고 불협화음이 일어나도 금세 툭툭 털고 다시 제자리에 설 수 있다는, 나에 대한 믿음만은 점점 굳건해진다.

운동선수는 대개 어릴 때부터 두각을 나타낸다. 김연아, 박세리, 박지성 선수처럼 유명한 스포츠 스타들이 아마도 그랬을 것이다. 물론 남다른 재능과 열정이 있었을 테지만 지금의 내 눈에는 남들이 보기에 약점으로 보일 수 있는 타고난 특성이나 제한된 환경 조건을 대수롭지 않게 여기며 무던하게 노력해왔다는 공통점이 보인다.

교실에도 체육인의 싹이 보이는 아이들이 있다. 자세만으로도 골프선수의 위용이 느껴지는 아이가 있는가 하면 우아하게 체조하는 폼이 남다른 아이도 있다. 어떤 종목에 적합한 신체적 조건이나 재능을 발견하는 것보다도 결과에 관계없이 오래 노력해나갈 마음 자세가 되어 있는지가 더 중요하다는 생각이 든다.

작년 우리 반에는 손흥민 선수 같은 축구선수가 꿈이라는 친구가 있었다. 운동선수의 길은 험난하다. 갑자기 건강이 안 좋아지면 그동안의 노력이 물거품이 되기도 한다. 운동선수가 아니라면 아무 문제가 되지 않는 신체적 특징이 핸디캡이 된다. 그럼에도 즐겁게 해나갈 수 있다면, 남들과 비교하지 않고, 발전하는 자신의 모습에 만족할 수 있다면 그것이 바로 그 운동을 하기에 적합한 조건이 아닐까.

운동을 하면 학습에는 소홀할 수밖에 없다는 것은 우리 세대의 고정관념이었다. 요즘 아이들은 학습과 운동 어느 것 하나 소홀히 하지 않는다. 그럴 수밖에 없다. 학습 도달도가 기준에 못 미치거나 학교폭력 기록이 있으면 대회에 참가도 하지 못한다. 축구선수를 꿈꾸는 아이의 대회 참가를 위한 서류를 해주면서 알게 된 사실이다. 연예계든 스포츠계든 학창시절의 폭력 행동이 밝혀지면 사회적으로 지탄받고 활동이 어렵게 된다. 무엇을 하든 기본적인 학습 능력과 인성은 필수로 갖추어야 한다.

영화 〈킹 리차드〉(2022, 레이날도 마르쿠스 그린)는 아이들에게 재능 개발과 평범한 성장 사이의 균형이 얼마나 중요한지 보여준다. 두 딸 비너스와 세레나를 세계적인 테니스 선수로 키워낸 흑인 가정의 실제 이야기에 바탕한 영화이다. 성장하는 아이들에게 필요한 것이 무언지를 세심하게 살피는 헌신적인 아버지와 통찰력 있는 어머니 덕분에 자매는 성공에 자만하지도, 실패에 피폐해지지도 않고 올바른 인격을 갖춘 훌륭한 선수로 성장하였다.

우리 집 막내와 함께 체대입시 준비를 한 친구 중에도 중학교 때까지 피겨스케이팅 선수였지만 중도에 그만둔 아이가 있었다. 어떤 운동이든 재능이 있고 좋아한다고 해서 성인이 될 때까지 계속해나간다는 보장은 없다. 신체적 한계든 제도적 벽이든 어려움을 만나 도중에 그만두게 될 수 있다. 하지만 거기에 쏟은 시간과 노력이 헛된 것은 아니다. 목표를 세우고 자신을 단련해나간 과정이 곧 공부이기 때문이다. 피겨를 그만둔 친구는 자신에게 맞는 방식으로 체대입시를 준비해 원하는 학교에 진학하여 다음 꿈을 향해 나아가고 있다.

지난해, 같은 학년 선생님 중 한 분은 어렸을 때 태권도 시범단이었다고 했다. 태권도 유단자라는 것만으로도 너무 멋진데 시범단이라니. 국기원 태권도 시범단의 미국 공연 영상을 가슴 설레며 본 나에게 엄청난 부러움의 대상이었다. 초등학교 시절을 보낸 남해와 진주에서는 주변에 태권도 도장이나 태권도를 배우는 친구조차 없었지만 대학교 다닐 때 태권도를 오래 했다던 친구에게 학교 뒤 인적 없는 곳에서 잠깐씩 배웠다. 아마도 태권도에 대한 호기심과 관심은 예전부터 있었던 모양이다. 그렇게 마음에 두었던 태권도를 더 나이 들기 전에 제대로 배우고 싶어 도장에 등록하고, 젊은 친구들과 함께 운동하고 있다. 지금이라도 시

작한 게 얼마나 다행인지 모른다고 생각하며 되도록 빠지지 않으려고 노력한다. 주 3회 태권도 도장에 가는 것이 내 운동의 전부이다. 그것만으로도 나에게는 큰 활력이 된다. 50분 동안 땀을 뻘뻘 흘리며 체력과 근력을 다지고, 승급심사 때마다 바뀌는 띠 색깔로 성취감을 챙겼다. 미트를 발로 뻥뻥 차면 그동안의 고민과 스트레스가 확 풀린다.

　월, 수, 금 주 3회 도장에 가서 월요일은 품새, 수요일은 손기술, 금요일은 겨루기를 주로 한다. 발차기는 매번 하는 기본 동작이다. 8시 20분에 시작하여 약 10분간은 줄넘기나 달리기로 땀을 낸 다음 스트레칭을 한다. 그렇게 워밍업을 해야 다른 동작들이 더 잘 되기도 하고, 부상도 예방할수 있다. 기본 발차기는 앞 뻗어 올리기, 무릎 올리기, 앞차기, 안에서 밖으로, 밖에서 안으로 돌리기, 돌려차기(허리, 얼굴), 그리고 옆차기와 뒤차기, 후려차기를 한다. 수요일손기술 때는 권투와 비슷한 기본 동작들을 연습한 다음 글러브를 끼고 사범님이 잡은 미트에 지르기와 피하기를 한다. 겨루기는 주로 처음에는 서로 동작을 약속하고 그대로진행하는 약속 겨루기로 여러 상황을 연습한 후 1분 30초, 혹은 2분간 짝을 바꿔가며 자유 겨루기를 몇 차례 한다. 보호장구를 차고 해도 가끔 집에 가서 보면 멍이 들거나 부어있는 경우가 있고, 지르기 후 손목이 아프거나, 잘 못 차서다리가 아플 때도 있지만 아픔을 덮을 만큼 너무 재미있다.

아이들이 체육 시간을 좋아하는 이유가 몸의 움직임을통해 기분을 전환하고 두뇌활동으로 지친 마음을 회복시키기 때문이 아닐까? 운동에도 트렌드가 있는지 종목에 대한 선호도가 바뀌기도 하고, 새로운 것이 등장하기도 한다. 요즘은 폴 댄스나 필라테스가 아이들 관심을 끄는 것 같다. 가족과 함께 스키장에 자주 간다는 아이가 있는가 하면 야구나 농구 같은 경우는 스포츠클럽에 가입해 배우기도 한다. 어떤 경우든, 어떤 운동이든 아이들의 심신 회복과 성장에 도움이 될 것이다. 체육 시간에는 최대한 몸을 많이 움직이도록 프로그램을 준비한다. 올해 3학년은 1학기 동안 다양한 방법으로 술래잡기를 했다. 시작 전에 방법만 제대로 설명해주면 된다. 처음에는 몸이 아프다며 꾸물대던 아이들도 어느새 신나게 뛰어다닌다. 그렇게 한바탕 뛰고 나면 아이들도 나도 몸은 지치지만 기분이 상쾌해진다. 지친 마음이 회복되는 시간이다.

36

생명을 키운다는 것

'고양이집사'에 이어 '식집사(식물 키우는 사람)', '풀멍'
이라는 말이 생길 만큼 식물 기르기가 붐이다. 나도 언젠가
부터 식물이 좋아졌다. 어렸을 때 키우던 강아지가 불의의
사고를 당한 이후 반려동물을 키우지는 않지만 반려식물은
오랫동안 키우고 있다. 마음 같아서는 화단에 블루베리를
키울 수 있는 전원주택이나 테라스 하우스로 이사하고 싶
다. 내가 사는 아파트는 남동향이라 식물을 키우기에 그리
좋은 환경이 아니다. 그런 줄 모르고 한동안 무화과나 블루
베리, 레몬 같은 과실나무를 사서 키우다 모두 죽였다. 뜨거
운 햇살과 빗물, 벌이나 나비의 수정이 필요한 과실나무는
집안에서 키우기가 어렵다는 걸 알게 되었다.

여러 번의 시도 끝에 2년 넘도록 바질과 로즈마리를 제법 잘 키우고 있다. 하지만 그동안 각종 허브를 많이 사다가 죽였다. 자주 물을 주어야 하고 햇빛을 좋아하는 식물은 관리가 까다롭다. 햇빛 좋아하는 꽃나무 역시 아파트에서 키우기는 쉽지 않다. 반면 뱅갈 고무나무나 벤자민과 같이 물만 주면 저절로 자라는 나무들은 실내에서 편하게 키울 수 있다. 너무 웃자라거나 중간에 가지가 튀어 나와 모양이 나빠지는 것만 잘 다듬으면 오랫동안 아름다운 자태를 유지하며 집안 공기를 정화해준다. 몬스테라도 엄청난 생명력을 자랑하며 커다란 잎사귀가 계속 나오고, 인테리어를 살리는 여인초 역시 강인했다.

가끔 집에 있던 식물을 교실에 가져다 두기도 하는데 방학 동안 온갖 추위와 더위, 목마름에 시달렸을 텐데도 개학해 물을 주면 또 새 잎을 풍성히 내놓는다. 식물을 실내에 두는 이유는 정신적인 안정감을 주기 때문이다. 초록 잎을 보고 있으면 마음이 편안해진다. 우리 반 아이들도 그러기를 바라며 가져다둔 것이다.

몇 년 전 아이들과 실과 시간에 함께 심은 스파티필룸과 스킨답서스가 아직도 창틀에 올려져 있다. 학습 준비물 예산으로 식물 하나당 2,000원 정도의 금액으로 구입했고,

아이들이 집에서 화분을 가져와 분갈이를 하거나 패트병을 잘라 와서 수경재배를 했다. 한번은 패트병과 물티슈를 이용해 자동급수 화분을 만들기도 했다. 수경재배는 흙을 깨끗이 털고 씻어내어 썩는 것을 방지하는 것이 중요하다. 물을 안 주었는지 아니면 너무 많이 주었는지 자기 식물이 금세 죽었다며 실망하는 경우도 있지만 대부분은 오래 잘 키운다.

재작년 우리 반에는 집에서 강아지나 고양이와 함께 산다는 아이들이 많았다. 실시간 온라인 수업을 하다 쉬는 시간이 되면 아이들이 자기 집 강아지나 고양이를 안고 와서 보여주곤 했다. 수업 중에 모니터 앞을 왔다갔다 하는 강아지, 고양이도 있었다. 어떤 아이는 달팽이를 보여주었고 물고기나 파충류를 키우는 아이도 있었다. 작년에는 새를 가진 아이가 있어 새 이야기를 자주 했다. 아이는 새가 쪼아먹은 책 귀퉁이를 보여주기도 했다. 어떤 아이는 병아리를 부화시켜 키웠다. 물론 강아지 때문에 힘들다는 아이도 있었다. 자기 말을 너무 안 듣고, 시끄럽다는 게 이유였다.

아이들은 고양이 밥을 챙기고, 강아지를 산책시키며 책임감을 키우고 누군가를 돌보는 소중한 경험을 하게 된다.

때로는 하고 싶은 것을 내려놓고 자기 시간을 포기하는 희생을 실천하기도 한다. 다른 생명에게 필요한 요구를 채워주며 보살피고 교감한 경험은 아이들을 성장시킨다. 아이들을 키우는 부모나 교사의 마음을 닮았다.

37

따로, 또 함께

책 몇 권과 노트북을 챙겨 메고 집 앞 스터디 카페에 간
다. 칸막이 책상이 있는 도서관 열람실 같은 구조로 되어 있
다. 칸마다 독서대와 담요, 갖가지 학용품과 충전기, 심지어
키보드 소음을 줄이기 위한 키스킨까지 가지런히 준비되어
있어 굉장히 편리하다. 이른 아침이나 저녁에 가면 사장님
이 열심히 청소하시는 걸 볼 수 있는데 박박 소리가 날 정
도로 깨끗이 닦으신다. 원목으로 된 싱크대 상판은 늘 티 한
점 없이 깨끗해서 뭐 하나라도 흘리면 안 될 듯하여 사용
후에는 물방울 하나도 남지 않도록 닦는다.

이 스터디 카페에 등록하고 다닌 지 1년이 넘었다. 취업
준비로 공부하던 아들이 한번 가보라고, 엄마가 좋아할 거

라고 이야기하는 걸 몇 달 흘려듣다가 한번 가서는 바로 등록했다. 이곳에서 책을 읽고 글을 쓴다. 일단 돈을 냈기 때문에 스마트폰에 정신을 파는 시간이 집에서보단 훨씬 적다. 글을 쓰려고 갔다가 책만 읽다 오기도 하고, 읽을 책을 챙겨 가서는 하나도 못 읽고 글만 쓰다 오는 일도 있다. 너무 피곤할 때는 무거워진 머리를 이쪽 저쪽으로 흔들며 같은 페이지를 계속 쳐다보다 온 적도 있다. 하지만 혼자만의 시간을 온전히 누리는 것만으로도 행복하다.

스터디 카페에 다니기 전에는 집에서 조금 떨어진 동네 카페에 가곤 했다. 코로나 전에는 밤 12시까지 영업을 했던 터라 태권도 가기 전후나 주말에 책과 노트를 들고 갔다. 핸드폰과 연동되는 작은 접이식 블루투스 키보드도 지참했다. 카페에서 스마트폰을 세워 놓고 키보드를 두드리고 있으면 혼자만의 느낌인지는 모르지만 사람들의 시선이 느껴졌다. 어떤 분은 무슨 키보드냐고 묻기도 했다. 이 키보드는 블로그 글을 쓰거나 댓글을 달 때, 또는 카카오톡 대화를 빠르게 할 때 좋다. 스마트폰과 태블릿에 한글 앱을 깔아 두어서 다른 곳에서 작업한 한글 파일을 간단히 수정할 수도 있다. 움직이는 사무실이다. 이렇게 카페에 가서 두어 시간 조용히 보내고 오면 집에서 가족과 보내는 시간에 더 충실해진다.

오늘 할 일을 다 마쳤다는 생각 때문이다.

바이올린을 연습하는 시간도 혼자만의 시간이다. 예전에는 집 앞 실용음악학원의 개인연습실을 빌려 연습하곤 했는데 졸업연주를 마치고 실용음악학원이 멀리 이사 간 후로는 안방에 있는 드레스룸에서 연습한다. 옷으로 둘러싸인 나만의 1인 연습실인데 여기서 연습을 하면 딸 방에는 전혀 들리지 않는다고 한다. 이런 구조의 집에 들어온 게 얼마나 다행스럽고 감사한지 모른다. 문제는 연습하는 동안에는 바깥 소리도 들리지 않아 누가 들어왔는지도 모를 때가 있다는 것이다. 한참 연습하고 나오면 미안한 마음에 식구들의 간식이나 식사를 더 정성껏 챙기기도 한다. 이런 나를 남편은 '하고 싶은 것 다 하고 사는 여인'이라고 부른다. 오래전부터 나의 시간을 존중해준 가족들이 고맙다. 학교에서도 자기만의 시간을 갖는 아이들을 종종 본다. 쉬는 시간에 책을 읽거나 그림을 그리며 혼자 뭔가에 빠져 있는 시간으로 힘을 되찾는다. 책이 얼마나 재미있으면 쉬는 시간도 반납하고 책 속에 빠지는 것일까? 보기만 해도 대견하다.

아이들의 성취능력은 저마다 달라서 같은 과제를 주어도 해결하는 시간이 모두 다르다. 어떤 아이는 주자마자 바로 다 하고 두리번거리기도 하고, 어떤 아이는 수업이 끝나고 나서까지 붙들고 있다. 이 시간차를 해결하기 위해 나는 수업 중 독서를 권장한다. 할 일을 모두 마친 아이가 다른 친구를 방해하지 않고 혼자 책을 읽거나 그림을 그리고 글을 쓰며 자기만의 시간을 보내도록 한다. 물론 친구들과 이야기하며 놀고 싶어 하지만 정해진 시간 동안은 조용히 있는 게 친구들에 대한 배려라는 인식을 학기 초에 심어주면 좀이 쑤시더라도 조용히 있으려고 노력한다.

그림을 좋아하고 전문가처럼 잘 그리는 아이들도 꼭 있다. 재작년에 우리 반의 한 학생은 자신이 그린 캐릭터를 쿠션이나 생활용품으로 만들어 팔기도 했다. 이렇게 그림 그리는 걸 좋아하는 아이들은 학년 말이 되면 나를 포함한 반 아이들 전체를 그려서 감동을 준다. 시키지도 않았는데 정성을 다해 그린다. 어떤 아이는 자신이 그린 그림을 컬러 복사하여 뒷면에 일일이 편지를 쓰고 코팅해서 친구들에게 나눠주기도 했다. 이전 학년에서 친구를 사귀지 못해 고민했던 아이였기에 친구들과 한 해 잘 지낸 기쁨이 내게도 전해져서 이루 말할 수 없이 대견하게 느껴졌다.

어떤 아이는 집에서 긴 혼자만의 시간 동안 소설을 쓰기도 했다. 친구들을 찾아 공허한 마음을 채우려하기보다 골방에서 자신을 채우는 시간을 가지며 영글어가는 것이 좋아 보였다. 혼자만의 시간을 잘 가꾸는 아이들은 어른들 걱정과는 달리 때가 되면 친구들과의 관계도 잘 만들어간다. 아이들에게도 자신과 대화하며 성장할 시간이 필요하다.

혼밥, 혼술이 유행이긴 하지만 이렇게 좋은 개인 시간도 너무 과하면 안 될 것 같다. 우리는 어쨌든 사회적 동물이니까. 남편들이 자기만의 동굴에 들어가 시간을 보내는 것이 아내와의 관계를 더 좋게 만들기 위함이라는 내용을 오래전 베스트셀러였던 『화성에서 온 남자, 금성에서 온 여자』라는 책에서 본 기억이 난다. 자신만의 동굴에서 너무 오랫동안 또아리를 틀지 말고 가끔은 굴에서 나와 가족과 대화하고 친구와 소통하는 사회적 동물 본연의 자세를 잊지 말아야겠다.

가족과의 시간은 양보다 질이 중요하다는 말에 동의한다. 혼자만의 시간을 보내는 것이 가족, 혹은 친구와의 만남을 더 값지게 하기 위한 것이기를. 치매 예방을 위해서라도 나이 들수록 다른 이와 많이 소통할 필요가 있다는 것을 부모님 세대를 보며 느낀다. 혼자서 알차게 시간을 보내는 사람이 다른 이와 보내는 시간도 보람 있게 엮어갈 것이다. 혼자임에 외로워하지 않고 함께 있음을 감사하는 사람으로 살고 싶다.

 내가 왜 태권도와 바이올린에 매달렸을
까. 이 책을 쓰면서 계속 생각했다. 수만
가지 이유와 우연이 겹쳤을 것이다. 사
람들이 묻는다. 사회적 경제적 성취와 무
관한 일에 왜 그렇게 투자하느냐고. 사실 끝이 없어서 할
만 했다. 비교할 대상은 어제의 나밖에 없어서. 어떻게든 다
른 곳에 나를 두고 잡념을 떨치는 무아지경의 시간이 필요
하기도 했다. 내가 일상에서 겪는 힘듦을 다른 차원의 힘듦
으로 틀어막아보려 했던 건지도 모른다. 이제 앞으로 나아
가기보다는 퇴보를 막는 것이 최선일 수 있다. 어제보다 동

작이 안 되고, 어제보다 악보를 못 보는 오늘이 될 수도 있다. 그래도 계속하는 이유는 운동과 예술로 채운 내 에너지 창고가 절망적이고 괴로운 상황에서 긍정적인 에너지를 낼 든든한 자산이 되어준다는 걸 알기 때문이다.

　기운이 빠져 물 한모금도 넘어가지 않은 저녁에 나는 태권도장에 갔다. 금요일 저녁이면 손가락 하나 까딱하기 싫어지는데도 주말 아침 바이올린을 들고 나서면 새로 태어난 듯 발걸음이 가벼워졌다. 누군가는 이처럼 내가 다른 곳에 정신을 몰두하고 돌아다닐 여유가 있어 좋겠다고 말할지 모른다. 하지만 그게 우선이어야 내가 지키려는 교실과 가정에 쏟을 힘을 얻을 수 있다는 비밀을 어떻게 설명해야 할까. 태권도도 바이올린도 독서도 글쓰기도 삶에 큰 도움이 되지 않는 일이라고 말하는 사람들이 있다는 것을 안다. 사실 일상에서 밑도 끝도 없는 갖가지 요구들에 대응하다 보면 하루하루가 밑 빠진 독 채우기 같아 막막해질 때가 허다하다. 그래도 나에게 들이부을 물이 충분하다면 매일 다시 일어나 그 독과 씨름할 수 있다. 지치지 않고 물을 붓기 위해서 내 몸과 마음을 사막으로 만들지 않으려 노력할 뿐이다. 그런 마음을 있는 그대로 보여주려 했지만, 글쓰기 경력은 이제 시작이라 부족함이 많았다. 그럼에도 읽어주신 분들께 감사한다.

이 책으로 10년 전 블로그를 시작했을 때 이름 지은 '천 권의 약속'을 지키게 되어 기쁘다. 오래전 『왓칭』이라는 책을 읽고, 이루고 싶은 것이 있다면 글로 쓰거나 그림으로 그려 벽에 붙여놓고 매일 바라보라는 말에 마음이 뜨거워져 그림 두 개를 그렸다. 하나는 드레스를 입고 바이올린 독주회를 하는 장면이었고, 두 번째가 출판 기념회에서 사인하는 장면이었다. 그때는 내 생애 동안 이런 일이 있을까, 하며 스스로 비웃었는데 지나고 보니 어설프게나마 이루어졌음에 소름이 돋는다. 독주회는 몇 년 전 대학원 졸업 리사이틀로 해냈고, 출판 기념회는 10월 인뮤직 앙상블과 '카페드 바로크'에서 있을 예정이다.

바이올린을 하고, 태권도를 하고, 책을 읽고 글을 쓰는 일은 학교생활에 지친 나를 회복하게 하는 '몰입'의 과정이기도 했다. 올가 메킹Olga Mecking은 『생각 끄기 연습』이라는 책에서 네덜란드의 '닉센NIKSEN'이라는 개념을 소개한다. 원래의 뜻은 바쁜 일상 속에서 '잠시 생각에 잠기는 시간'을 말하지만 때에 따라 혹은 사람에 따라 '무언가에 몰입하는 것'을 의미한다고 하였다. 닉센 덕분인지 137개 나라 중 57위인 우리나라와 달리 네덜란드의 행복지수는 오랫동안 10위 안에 있다. 바이올린 연습과, 태권도 발차기에 몰입하며 닉센을 한 덕분에 지금까지 엄마로, 교사로 잘 버텨온 것인지도 모른다.

교직뿐 아니라 세상의 많은 직업이 그러할 것이다. 갑질하는 상사, 해도 해도 쌓이는 일들, 사람을 상대하는 소모전을 겪으며 파김치가 되어 집에 와서는 에어로빅으로, 수영장으로, 헬스장으로, 화실로 달려가 또 다른 자신이 되는 것은 매력적인 일이다. 세상의 모든 도전을 응원하며 이 작은 책을 세상에 띄워본다.

태권도와 바이올린

2023년 10월 2일 초판 1쇄 발행

지은이 김지혜

펴낸 곳 읽고쓰기연구소
발행인 이하영
도서문의 02-6378-0020
출판등록 제2021-0000169호
주소 서울특별시 마포구 동교로 136 서강빌딩 202호
이메일 writerlee75@gmail.com
블로그 blog.naver.com/editor93

ISBN 979-11-980067-4-5 (13810)
값 16,800원